一花一世界

梅花

李掖平 主编
叶梅 著

泰山出版社·济南·

总序

放眼整个人类的文化文明历史，说自然界中最具审美观赏价值与意义的植物非花莫属，绝大多数人会深表认同。各色各样、争奇斗艳、芳香醉人的花，凝聚着天地精华，躁动着乡野元气，飞扬着生命激情，流溢着审美性灵，写照着人格精神。不仅美化了环境，靓丽了风景，映衬了天地，更温柔了血液，活泼了心性，浪漫了情致，诠释了无限的美与诗意。

综观人与自然界的万千联系，说人与花的关系属于最密切最广泛一类，更是毋庸置疑。从古至今，人们将无限繁复无比美好的情感寄寓花卉之中，各色各样、争奇斗艳、芳香醉人的花，其色与味、气与韵、形与神、情与思、品与格、美与魅，从生活到艺术与人类息息相关，纵贯于人类历史发展、文化嬗变的各个时段，连通起每个个体生命的丰饶情思，成就了数不胜数的文学佳作名篇。

古时的文人雅集自然是少不了花的，且不说文人墨客们兴致勃勃展示自己插花手艺时的别有情趣，就连喝酒行令也常常以花为题，“飞花令”在唐宋两代是文人雅集时最喜欢的酒令之一，不知有多少唐诗宋词佳句，定格再现了文人墨客与梅相悦、与兰相得、与菊相立、与荷相揖的精彩瞬间；而今时的好友相约因花起意的更是寻常可见，“踏雪赏梅”“游湖观荷”“品茶鉴兰”“把酒看菊”的主题约会频频不断，或追溯流金年华的青春岁月，或缅怀懵懂青涩的美好初恋，或交流事业成功的各自欢喜，或相邀耄耋之年的再度相会……不知有多少美文靓图记载还原了休闲人生的惬意时光。

在从古至今的文学书写中，花更是一个长盛不衰的聚焦点，甚至可以说是一个永恒的母题。最早的诗歌总集《诗经》就写到了多种花，如《摽有梅》里的梅花、《桃夭》里的桃花、《有女同车》里的芙蓉花、《山有扶苏》里的荷花、《溱洧》里的兰花与芍药等，多属对花之美或似花美女的欣赏和咏叹。自《诗经》后，中国古典诗词中写花的名家名作堪称浩如烟海，其诗家、篇目之多至唐宋两代达到巅峰。

仅以梅花为例，从唐代的李白、杜甫、韩愈、柳宗元、李商隐、白居易、王维、孟浩然、元稹、崔道融、蒋维翰、张谓，到宋代的苏轼、陆游、王安石、范成大、欧阳修、李清照、辛弃疾、赵长卿、晏几道、姜夔、卢梅坡、陈亮……真是无以计数。诗人们或咏叹梅花的凌寒报春，或仰慕梅花的高洁坚贞，或赞誉梅花的皓态孤芳，其实都是在礼敬梅花“雪虐风饕愈凛然，花中气节最高坚”（陆游），“只留清气满乾坤”（王冕）的傲骨与精神。

这套“一花一世界”丛书策划的宗旨，是以花为切入点，通过梳理其从自然界进入人们生活并被人格化，逐渐成为中国的审美意象和文化符号，进而对国人的品行气质产生了深远影响的过程，诠释其承载着的博大精深的民族人文情怀和精神品格。

第一辑，我们甄选出在中国传统文化语境中最具典型意义的梅、兰、荷等几种花卉，邀集当代文坛几位女性散文大家执笔，从花的自然属性（生长于原野大地）、社会属性（走进庙堂和寻常百姓家）、文化属性（进入诗词歌赋、绘画书法）、审美属性（承载民族风情能指、精神象征意义、文化品格象喻）几个大维度切入，以立意高远、情趣洁雅、调性优美、思绪灵动、文字鲜活的生花妙笔，写她们各自眼里、心里、记忆里、镜像里的花，以及因花而勾连起的多姿多态的人生与人性世界。

从书里所写、所品、所思、所咏之花，不只是自然界各色花卉遍野绽放优美景色的文学描写，亦不只是花与山河相伴与岁月相守生生不息的前世今生的轨迹梳理，更是中华民族文化文明发展流变的精神投射。女作家们抛开了人们给花卉贴上的“风姿绰约”“色彩斑斓”“争奇斗艳”“赏心悦目”等泛化标签，紧扣每一种花的鲜活个性、生命特质、审美品格和精神气质，从自然物象本身的花之美、花之魅，到人们借花寄托表达情感心绪的转寓性移情之美，再到花进入古典诗词和现代文学作品中成为审美意象的隐喻象征之美，写出从古至今每一种花的流变、转型、增殖，甚或逆行过程中的所有逸闻趣谈、故事传说、爱恨情仇、悲欢离合，解读其能指的高尚人格、高洁道德和高雅气韵等意象审美特质，着力发探其丰饶鲜活的文化蕴含，为读者探寻人文中华的历史缘起和兴替嬗变的脉络源流，廓清厘定了中国“花文化”广远丰博之内涵。

写进这套丛书中的每一种花卉，不仅敞开了姹紫嫣红的自然之美，更以伟大的人格力量、高洁的道德情操、深厚的文化内涵，表征了华夏大地大爱无言、大德昭昭的沉朴民风和中华民族大悲大悯、大道大义的浩然国风。以文字定格的每一朵花儿，既蒸腾着熊熊烈火的极温，又凝聚着血液最浓稠最活跃的成分，注解着坚强不屈的中华民族精神和仁者博爱的文化品格；被文字激活的每一朵花儿，既如一泓行云流水，也如一句生活注解，诠释着葱茏翠绿的时光风华和真实安静的生命存在，给需要的人以欢喜以慰藉以启迪以审美以沉醉。

现在，请您，轻轻翻开这套丛书吧，嗅香、品魅、审美并沉醉。

李掖平

2021年6月

目录 CONTENTS

引子

庚子年，梅花开放的时节极不寻常。

寒冷的风雪似乎都被挡在了窗外，一天天凝眸相望的时光里，有人们的焦虑、担忧、悲伤，但仍有更多的期盼、希冀，以及美好的想象。

梅花应该开了。

自然是在寒冬腊月之后的日子里。

或大团小簇，热烈地怒放着；或单枝独翘，傲然翘首。暗红、粉白、浅绿、深紫……那么多美妙的颜色，干干净净的，在这天地之间，梅花兀自开放。数千年来，她不畏严寒风霜，也不畏清冷寂寞，这庚子年间，更是如此。

往年此时，人们在树下花间流连忘返，眼下却全都自我封闭在家中。武汉，这座以梅为市花的英雄城市，此时被一场疯狂的疫情所笼罩。在中国，无数座梅花悄然开放的城市也都被疫情所阻隔，人与花儿，难得一见。同时，全球的疫情一直在蔓延，一直到4月中旬还未好转。而梅花，恰在这时节独自开着，散发着幽香，在这被阻隔的人世间飘动。

我曾在武汉东湖畔居住过多年，家附近有一座清秀的梅园，每到岁末，一树树红梅、白梅、绿梅会渐次绽放，把东湖全都染香了。我和家人每年都会早早地期盼着，等到花儿将开之时，便迫不及待地去往梅园，一次、两次、好多次，看也看不够。看也看不够的梅花。

如今，我在北京遥遥地思念，那纯洁无瑕、风骨铮铮的花儿，在全人类遭遇灾难的日子里，是怎样孤傲地开放，是怎样度过一天天“寂寞开无主”的时光?

但其实，梅花并不孤独。

她当与日月相伴。冬日的朝阳，第一缕光就会毫不吝惜地亲近她，爱抚每一片花瓣，冰雪、阳光下的红梅，你可以想见，那是大自然骄傲的存在。而月亮，从来都是梅花最知心的密友，每一朵梅花与皎洁的月光都有过倾心的私语、相互的凝视和欣赏。虽非同类，但息息相通的宁静和美，是那样呼应，无声胜过有声。

这些，人也懂得。

因此，梅花并不孤独，因为她不仅开放在大地上，也开放在人的心里。一切爱美的人，一切潜心修为的人，一切敬畏自然的人，一切传承中华文化的人，灵魂里都会有一树梅花，她的风骨，她的高洁，自会在心里散发幽香，或近或远。

当来势汹汹的疫情尚在人间徘徊，人类正与之生死相搏之时，这从远古而来的梅花以她悠久的生命力及蓬勃的姿态相伴世间，让人好生感慨，想起来为之一振。

何不学梅、习梅？有缘书写《一花一世界·梅花》，让我此时凝神聚气，探寻梅花的前世今生，思慕她的风骨品格。她本是世界珍贵之名花，更是中国自古以来的文化象征。“万花敢向雪中出，一树独先天下春”，她在数千年的风尘里超然独立，卓尔不凡，于数九寒天之中繁茂遒劲，凌寒绽放。

中华之梅花精神，当如是。

第一章

探梅

1. 她从远古走来

很久很久以前，一位美丽的仙子飘落人间，她飘飘荡荡，喜欢上了那片有山有水的地方，然后落地生根，每年到了千里冰封、万里雪飘的时节，她才露出俏丽的容颜。

一年又一年。

不知道过了多久，也许一千年，也许上万年，也许更久，人们惊喜地发现了她，不由赞叹她的美，品尝她的果实，给她取名“梅”，还给了她好些别称，有枏、枕、橑、春梅、青梅、于支梅、酸梅和红绿梅等。

梅，最早生长于中国。据河南新郑裴李岗遗址考古发现，并经专家们考证推断，在中华大地上，梅的栽培时间已有七千年以上。

“以上”是多久？所有植物的发源都早于动物，梅或许比人类的历史应该还要长很多。她是大自然的杰作、天地间的精灵。

七千年以前，中原大地上是什么情景？

那里有一条叫洧水的河，绕过小山岗，由北向南，最终向东而去，形成一道秀美的河湾。湾里的土地肥沃、植被丰茂，生活在

南宋　马麟《层叠冰绡图》

那里的人们已经会打制细石器，他们狩猎、砍柴用的石斧、石刀已很锋利，甚至还烧制出一个个适用的陶器。这些器物上还有一些率真、简明的花纹，虽好看，但不仅为装饰，主要是用来装清水和食物。人们开始寻找时机，饲养牲畜，栽种养活自己的粮食，同时还栽种那些看上去漂亮且能采摘果实的树木。梅便是其中之一。

最初，人们真的是被梅的果实所吸引的。那梅原是随性长在山林之间的野梅，开出花来，然后结了果，青涩的皮渐渐泛黄，在山野之中散发出好闻的清香。自有好奇的人摘下小小的果子，大胆地尝了又尝，酸甜酸甜的，没有太多的汁，但回味无穷。

这已经足够了。可以想象那味道，耐人咀嚼，口舌留香，采摘的人自然是兴奋的，他们身旁欢跳的孩儿雀跃着，抢着一尝。

于是，人们将它放入了陶器，存放着，天长日久，这酸甜的味道给人们平日单调的味蕾增添了极大愉悦。甚至，他们都想为它唱一首歌。

那条叫洧水的河后来叫双洎河，但洧水永远活在古老的《诗经》里：

溱与洧，方涣涣兮。
士与女，方秉蕑兮。
女曰观乎？士曰既且。
且往观乎？洧之外，洵讦于且乐。
维士与女，伊其相谑，赠之以勺药。

这首《溱洧》描写的正是春意浓时，三月三日民间上巳节，溱洧河畔男女青年游春相戏、互结情好的动人情景。要说中国情人节古已有之，即农历三月三。它被称为上巳节，又称女儿节。上巳节的风俗，是借着春光男女聚会，祭祀高媒和祓禊于水滨，并以求子。

“溱与洧，方涣涣兮。”此时透着欣喜、兴奋和欢乐！春日河畔，男女邂逅，眉目含情，女子悄问，一起去看看好吗？男子傻乎乎地说，已经去过了。女子嗔道，再去看看嘛。男子这才恍然，去过又何妨，和你在一起，再远的道路都觉得近在咫尺，再长的时光都觉得稍纵即逝。

于是沉醉不知归路，摘一朵花儿赠予情人。

在广袤的华夏大地上，洧水的山岗上有梅，神奇的西南横断山麓的大小山脉里也有梅。我国目前许多山区仍有一片片年代长久、自然生长的野梅群落，多垂直分布在海拔两千五百米左右的山上，最高达海拔三千三百米。西自西藏，东至台湾，南自广西，北至湖北……共计十五个省、市、自治区，均有野梅的分布。

从远古到今天，发现保存完好的梅核的地方不止一处，除了河南，在江苏吴江梅堰镇新石器时代遗址中也曾有发现，如今保存在南京博物院中。

中国最古老的奇书之一——先秦古籍《山海经》里就有“灵山有木多梅”的记载。灵山在人们的传说里，是与天相连接的山，日月可入，居住着一群大巫，他们拥有大智慧、大功德，而

明　项圣谟《花卉十开》

很多的梅树也在此生长。可见梅在三千多年前已经进入人们的视野，并受到青睐。

长江之畔的湖北荆州市（古称江陵）前身为楚国国都“郢”，从春秋战国到五代十国，先后有三十四代帝王在此建都，历时五百多年。后人在此发掘的战国时期古墓内的出土文物中，惊讶地发现了完好的梅核，这些宝贵的梅核，如今安然地保存在湖北省博物馆里。显然，梅受到的喜爱非同寻常，与那些颜色亮丽，绣有金黄、草绿、赭、绛红、深褐、靛蓝的花纹和龙、凤、虎图案的精美丝织品一样，被人们当作珍爱之物，始终与人相伴。

梅从远古走来，中国是梅的故乡。

2. 摽有梅

中国古老的梅文化，历史久远，积厚流光。

《诗经》中的许多歌都是在春夏之时唱出来的，“山有嘉卉，侯栗侯梅”（《诗经 · 小雅 · 四月》）。而许多美好的事物又是借着男女的恋情唱出来的，酸甜的梅，如此美妙的滋味，当然也出现在《诗经》的恋歌里，就像这首《诗经 · 召南 · 摽有梅》：

摽有梅，其实七兮。
求我庶士，迨其吉兮。
摽有梅，其实三兮。
求我庶士，迨其今兮。
摽有梅，顷筐塈之。
求我庶士，迨其谓之。

“召南”，《诗经》十五国风之一。召南指周朝召公统治的南方地域。暖风和畅，年轻的南方女子急于求嫁，在春光明媚的节令聚会里，女子用新熟的果子，掷向她所属意的男子，对方如果同意，并在一定期限内送上礼物来，二人便可结为夫妇。而这首《诗经·召南·摽有梅》便描绘了一个急切寻婿的女子，站在梅树下，委婉而大胆求爱的景象。

可知此时已是暮春，梅子黄熟，纷纷坠落，女子观此情景，倍感时光无情，青春如树上的梅子即将掉落，而嫁娶无期。她不由发出声声呼唤：有心求爱的小伙子啊，请不要耽误时辰。

她一咏三叹，眼看树上的梅子从七成掉落到只有三成，最后全部滚落在地，要用簸箕一一收拾起来，女子急不可耐，不由催促有心求爱的男子，快快开口啊，莫要迟疑。

《诗经·召南·摽有梅》循序渐进，三章重唱，一层紧逼一层，生动有力地表现了女子心理活动的变化，真情毕露，三复之下，闻声如见其人。

《摽有梅》质朴清新，明朗深情，引来后人无数点评。

《诗序》道：“《摽有梅》，男女及时也。召南之国，被文王之化，男女得以及时也。”

宋代朱熹《诗集传》有言：“赋也。摽，落也。梅，木名，华白，实似杏而酢。庶，众。迨，及也。吉，吉日也。南国被文王之化，女子知以贞信自守。惧其嫁不及时，而有强暴之辱也。故言，梅落而在树者少。以见时过而太晚矣。求我之众士，其必有及此吉日而来者乎。”

清代牛运震《诗志》云：“三章一步紧一步。”

清代陈奂《诗毛氏传疏》:“梅由盛而衰，犹男女之年齿也。‘梅’‘媒’声同，故诗人见梅以起兴。”

看来古时，梅就早早地与人间最美好的情感相系在一起了。

于是，人们投向梅的目光中有了更多的爱意。史料记载，春秋战国时期，对梅的喜爱已成风气，人们不再只是采摘梅果，那梅树枝头的朵朵梅花，一阵阵清新淡雅，吸引了人们更多的注意。

汉初，人们便开始大量地栽种梅花，从南北朝起，梅更是被人栽种于居室附近，或特地建成梅园，“梅始以花闻天下”。《西京杂记》中记载:“初修上林苑，群臣远方各献名果异树……朱梅。紫叶梅。紫华梅。同心梅。丽枝梅。燕梅。猴梅。”由此可见，梅花用于城市美化，专供观赏，也已有三千多年的历史。

《蜀都赋》中也有记载，形容道路两侧“被以樱梅，树以木兰”。美丽的梅花已然一株株悄然伫立于道路两旁及宅第府院之间，数千年来都是如此。

梅逐渐成为世上最著名的果树和花木，她色美、香浓、富有韵致，花如人，人如花，从古至今，梅与人心心相印。

3. 若作和羹，尔惟盐梅

梅树最早的作用是产梅子，而梅子最早的用途是调味。酿造食醋发明之前，它是烹饪中酸味的来源。《尚书》中有一个流传至今的记载，武丁曾把贤相傅说比作盐与梅："若作酒醴，尔惟曲糵；若作和羹，尔惟盐梅。"

《尚书》之所以为"尚"，即有"至高无上"和"崇尚"之意，与《诗经》并论。"若作和羹，尔惟盐梅"正是来自这部伟大的著作，《尚书》经历了无数劫难，其遗失残缺都无可考，但这几句话却永远流传了下来。

《尚书·说命下》中的"若作和羹，尔惟盐梅"为商高宗武丁所说的话，此话说在任命中国刑法的鼻祖傅说为丞相之时。当时，商朝将商都从盘庚迁至殷墟以后，国力式微，商高宗武丁决定振兴朝纲，但朝中却找不到一个能协助他改革国政的大臣。有一天夜里，武丁梦见了一个叫说的圣人，此人看上去如囚徒模样，却口称腹有良谋。武丁醒后暗暗称奇，即命人按梦中模样画成图像，四处寻访，结果在一个叫傅岩的地方找到一个叫说的奴隶，他跟武丁梦见的人的相貌分毫不差。说被带回朝中，果然提出了不少治国方略，武丁任命说为丞相。说执政以后，修政行德，使商朝政治、经济、军事和文化都得到了迅速发展。武丁在位五十九年，在说的辅佐下，商朝后期达到了极盛。

古人早已认识到盐的重要性，而梅子与盐齐名，“盐梅”便成了说这一类重臣的代名词。

《礼记·内则》载：“桃诸梅诸卵盐。”

《诗经·召南·摽有梅》云：“摽有梅，其实七兮。”

《诗经·秦风·终南》《诗经·陈风·墓门》《诗经·曹风·鸤鸠》等诗篇中，也都提到梅。古书的记载表明，古时梅子在重要的祭祀中不可或缺，在烹调、馈赠中更被奉为上品。

梅子还有很强的药用价值。此书写作前，我研习了古人的一些记载，每每读到会心处，觉得实在有益并有趣。比如明代的著名医药学家李时珍在《本草纲目》中对“梅”就有详细的记载，并对“梅”字的来由做了分析。他写道：“梅古文作呆，象子在木上之形。梅乃杏类，故反杏为呆。书家讹为甘木。后作梅，从每，谐声也。”

李时珍又曰：“梅，花开于冬而实熟于夏，得木之全气，故其味最酸，所谓曲直作酸也。肝为乙木，胆为甲木。人之舌下有四窍，两窍通胆液，故食梅则津生者，类相感应也。故《素问》云：味过于酸，肝气以津。又云：酸走筋，筋病无多食酸。不然，物之味酸者多矣，何独梅能生津耶？”

梅的全身都是宝，梅子分青梅、乌梅、白梅，其中白梅又称盐梅、霜梅，《本草纲目》有云："取大青梅以盐汁渍之，日晒夜渍，十日成矣，久乃上霜。"

梅子的做法大同小异，名医陶弘景曰："用须去核，微炒之。"李时珍曰："取青梅篮盛，于突上熏黑。若以稻灰淋汁润湿蒸过，则肥泽不蠹。"梅子的味道酸，温、平，涩，无毒，可以下气，除热烦满，安心，止肢体痛，偏枯不仁，死肌，去青黑痣，蚀恶肉。去痹，利筋脉，止下痢，好唾口干。水渍汁饮，治伤寒烦热。止渴调中，去痰治疟瘴，止吐逆霍乱，除冷热痢。治虚劳骨蒸，消酒毒，令人得睡。和建茶、干姜为丸服，止休息痢，敛肺涩肠，止久嗽泻痢，反胃噎膈，消肿涌痰，杀虫，解鱼毒、马汗毒、硫黄毒。

白梅"治刀箭伤，止血，研烂敷之。乳痈肿毒，杵烂贴之，佳。除痰。治中风惊痫，喉痹痰厥僵仆，牙关紧闭者，取梅肉揩擦牙龈，涎出即开。又治泻痢烦渴，霍乱吐下，下血血崩，功同乌梅"。

陶弘景曰："生梅、乌梅、白梅，功应相似。"王好古曰："乌梅，脾、肺二经血分药也。能收肺气，治燥嗽。肺欲收，急食酸以收之。"李时珍曰："乌梅、白梅所主诸病，皆取其酸收之义。惟张仲景治蛔厥乌梅丸及虫方中用者，取虫得酸即止之义，稍有不同耳。"

《医说》载："曾鲁公痢血百余日，国医不能疗。陈应之用盐水

明　朱竺《梅茶山雀图》

梅肉一枚研烂，合腊茶，入醋服之，一啜而安。大丞梁庄肃公亦痢血，应之用乌梅、胡黄连、灶下土等分为末，茶调服，亦效。盖血得酸则敛，得寒则止，得苦则涩故也。其蚀恶疮肉，虽是酸收，却有物理之妙。”其法载于《刘涓子鬼遗方》：“用乌梅肉烧存性研，敷恶肉上，一夜立尽。”

梅花气味微酸，涩，无毒。李时珍曰：“白梅花古方未见用者。近时有梅花汤：用半开花，溶蜡封花口，投蜜罐中，过时以一两朵同蜜一匙点沸汤服。又有蜜渍梅花法：用白梅肉少许，浸雪水，润花，露一宿，蜜浸荐酒。又梅花粥法：用落英入熟米粥再煮食之。”故杨诚斋有“蜜点梅花带露餐”及“脱蕊收将熬粥吃”之句，皆取其助雅致、清神思而已。

梅树叶可煮成浓汁，人饮之可治霍乱。嵩阳子言：“清水揉梅叶，洗蕉葛衣，经夏不脆。有验。”李时珍曰：“夏衣生霉点，梅叶煎汤洗之即去，甚妙。”

梅树根也有妙用：“初生小儿，取根同桃、李根煮汤浴之，无疮热之患。煎汤饮，治霍乱，止休息痢。”

……

身在二十一世纪，先进科技制作的各类药物层出不穷，人们或许并不需要再去煮梅根、熬梅树叶，但千万不要丢弃了这些奇方，古人的发现之中一定还藏有许多我们未曾领略的秘密。屠呦呦发现青蒿素的作用想来只是其中一例罢了。

所以，说梅者也顺便道之。

4. 安宁的元梅

梅是长寿的，梅也是安宁的。她静静地站立着，在寒风中，在朝代更迭、世事变幻中，在战火纷飞、生生死死中，她只管安宁地扎根于山野，将淡雅、从容的花枝伸向天空。

与日月对话。

与永恒对话。

很巧的是，有一个地方就叫作安宁，那里有一株古梅，从元代至今，经历了近千年的春夏秋冬。

2019年的10月下旬，我去到了那里。本不是为了这株梅而去的，是为了当地一群热爱文学的青年，我与他们交流了一个话题："有一些善恶，终将由文学流传"。我始终相信，无论时代如何发展，人性对善和美的追求会永存，而丑恶的人性也会同时存在，文学面对善恶，不能失语。

面对眼前烟云氤氲的青山，心底更生出百般对美的惊异。

清晨便依山而行，草木荫翳，山色空蒙，满目清新秀逸。住的地方在安宁的汤泉小镇上，距昆明不足百里。安宁自汉代开始

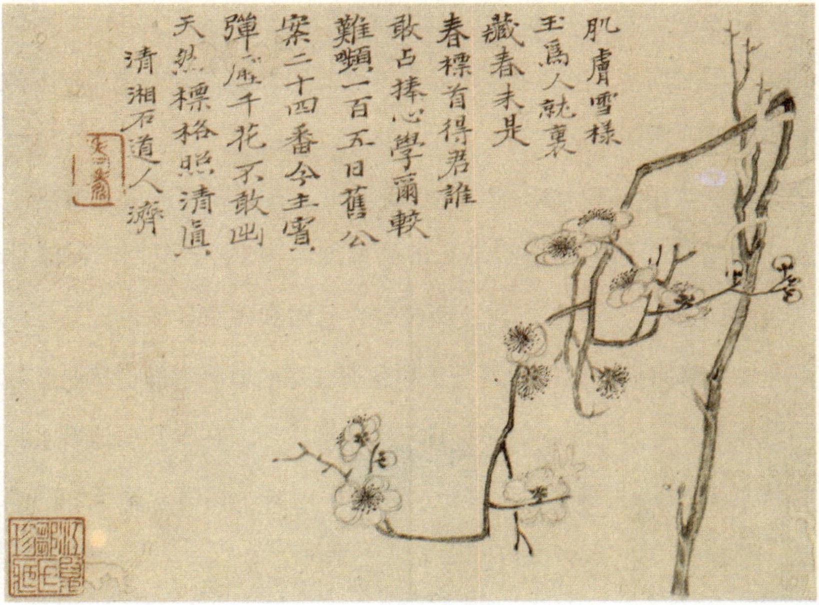
肌膚雪樣
玉為人就裏
藏春未是
春標首得君誰
敢占捧心學爾較
難顰一百五日舊公
彈壓千花不敢幽
天然標格照清眞
清湘石道人濟

清　石涛《梅花》

置县，设盐官，唐代便被称为安宁，被誉为“连然金方，螳川宝地”。安宁的螳螂川峡谷间自古以来便有温泉，古称碧玉。泉水自螳螂川东岸岩壁流出，有泉眼九个，水温高达42～45°C，可直接饮用，更可治疗多种疾病。泉在山腰，宛如玉带揽山，被世人称作“天下第一汤”。

登岩漫步，不觉来到龙山之上的曹溪寺前。这寺始建于宋代（大理国时期），建筑总体布局为常见的四合院式，主殿宝华阁为全国罕见木质殿宇。

曹溪寺内有圣水延流。明嘉靖年间，五叶禅师道成重修寺宇后，请留居寺内的杨慎写了《重修曹溪寺记》，后又写下辞赋体《宝华阁记》，刻碑于寺内，两碑现存后殿和碑廊。杨慎记录：此寺是佛教禅宗六祖慧能的道场，和慧能驻地的曹溪水借喻“法流”一脉相承；寺附近有小泉，每日三次来潮，后人在泉下凿池蓄水；相传来潮时，“泉神金酴”蟾蜍会在池中现身。杨慎叙述了寺的兴衰，并提到以上这些“异境”。

崇祯年间，徐霞客曾游曹溪寺，在大门口见杨慎两碑并立，就忙着入寺觅纸抄碑。次日清晨，又找到山下大树根脚向南流入石质月池的“圣水”。后来徐氏在《徐霞客游记》中写道：他来时“早潮已过，午潮未至。此正当缩时，而其流亦不绝”。泉畔建有“问潮亭”。四海之水，皆日夜再潮，独此寺有小泉，一日三潮。

这里还有“天涵宝月”的奇观，传说每隔六十年的中秋时分，月光从大殿前檐的窗上直射入殿内释迦牟尼像的前额，并一直从前额照到肚脐，然后渐渐消失。届时满堂生辉，人人称奇。

与我同行者，有云南当地的两位朋友晓梅与小吴，他们一路历数曹溪寺的种种异境，又道，寺内还有元代所植的昙树和梅树，更值得一看。

进入寺内，一种清幽弥散在周围，我心中的敬意油然而生。人们似乎一直更重视昙花，或许是因为她难得一见地开放，让人倍感珍惜，又或许是因为她一旦开放就带有吉祥意味的喜庆热闹，逗引得人们兴奋不已。不像梅花，年年无怨无悔地开放，哪怕一片清冷，默默无闻。这寺里，原有专为昙花修建的“旁花楼”，还有历朝历代的官员为她题词作赋；而这株古梅，只是静静地活着，那些显赫的名声都给了昙花。

听说了这些，我更想走近这株元代的古梅。沿着长满苔藓的小径向前数十步，远远地便看见了她，没有我想象中的高大，瘦小的枝干，执拗地伸展着，硬撑起大大的一篷，像一顶大伞。

再走近些，便被那树下的梅根深深震撼了。只见细而坚硬的枝条之下，盘根错节的树蔸如虬龙稳扎，延伸数米，再发枝杈，未曾舒展又迂回冲突，造化出各种自由而别致的形状，屈曲盘旋、纵横交叉、错落有致。一看，那梅树就是一部活着的历史。

想她竟然走过了千年岁月，越加忍不住要细细端详，想揣摩她的心情、她的故事。而她自然是沉默的。但看她的身躯，已然经历无数次风刀霜剑，那树皮皆枯黄陈腐，一片片呈脱落状，树身又满覆苔藓，呈棕褐色。枝干拐折处满是疤痕纠结，却于累累疤痕处又冒出点点青枝嫩叶，便知她其实有无限活力，均潜藏在古老的身躯里。

我们去的这时节，正是天高气爽的秋日，等不到这元梅的花开，但却从她的肌体里嗅到了一股股清香。她正在养精蓄锐，等待着严寒，预备着那时的怒放。

在杨慎所写的《重修曹溪寺记》里可知，曹溪寺全盛时期楼殿矗立，僧俗诵经之声此起彼伏，寺管田产片片相连，每年的田租收入可观，寺里供应的斋饭，每顿几乎有千人就食。但后来因兵燹破坏，寺宇多次塌毁，又多次翻修，僧众星散，经籍碑刻荡然无存。曹溪寺几度由盛转衰，又由衰转盛。

唯有这梅树，任凭风吹雨打，烟火盛衰，她自独立于世。

同行三人在梅树前久久伫立，我突然想知道，这梅花开时，是什么颜色？晓梅和小吴均难作答，他们都是云南人，从前也曾到这梅树前，但都未逢花开时。小吴说，他一定要在这梅树花开之时再来看一看。

后来，小吴想起这事，竟作诗一首。他发来的短信又勾起我对安宁元梅的怀想。

曹溪元梅

吴兴葵

螳螂川畔曹溪寺，
唐琢宋举成佛诗。
元梅一株宫粉冠，
今日相对岁月痴。

5. 阅历风霜，问尔几生修到此

然而，中华大地上的古梅何止一二。

中国素有五大古梅之说：楚梅、晋梅、隋梅、唐梅、宋梅。她们皆早于云南安宁的元梅。

楚梅在湖北沙市章华寺内，相传为楚灵王时所植，至今已历两千五百余年，人称天下第一古梅。

楚灵王六年，也就是公元前535年，这位特别喜好细腰女子的君王在南方丰饶的平原上建起了宫殿章华台，又称章华宫。这座宫殿的奢华一直被后人议论，就连苏东坡也曾写过《渚宫》一诗加以嘲讽："当时郢人架宫殿，意思绝妙般与倕。飞楼百尺照湖水，上有燕赵千蛾眉。"楚灵王不理朝政，昏庸奢靡，满天下挑来几千名细腰女子，在章华宫中日夜轮舞，章华宫因此又叫细腰宫。据说腰粗的宫女会被赶去做粗活甚至加以囚禁，宫女们不得不忍饥挨饿勒紧腰带，饿死者不足为奇，真所谓"楚王好细腰，国人多饿死"。但天道轮回，楚灵王的荒淫最终导致了灭亡，他的兄弟公子比发动政变，坐上了楚国王位。楚灵王如丧家之犬只身逃至野外，自缢而亡。随着七国争雄，楚国灭亡，章华台也被淹没于茫茫衰草之中，苏轼的诗里描写道：“池空野迥楼阁小，惟有深竹藏狐狸。”美妙的宫殿章华台几成废墟，只有那棵梅树悄然而立。

白云苍狗，几经改朝换代，到了元朝泰定年间，人们在古章华台遗址上建起了一座庙宇，初名章台寺，后叫作章华寺。寺内金碧辉煌，装饰典雅，曾在多次战乱中遭破坏，但又一次次重得修葺。清光绪年间，高僧净月大师做了章华寺的方丈，他禅净双修，可谓福慧兼备，使得章华寺名声大振，一直传到了清廷。光绪皇帝下旨将净月大师召进紫禁城，亲自听他讲经说法，并赐《龙藏》一部、銮驾半副、龙椅三把，还赏赐了黄缎五龙袈裟，及旗伞、如意等宫中珍品，给净月大师以极大的殊荣，钦封为四品大僧正和钦命方丈，管辖荆州、宜昌、恩施、郧阳等地所有寺庙。从此，章华寺成为长江流域最有影响力的寺庙之一。

“章华寺”三字由当年中国佛教协会会长赵朴初先生所题，而那棵于楚国时期栽种的梅花，就立于大雄宝殿之前，她不知冷眼旁观了多少人间纷争，而她只是花落花开，一年又一年。

两千五百年，该是经历了多少朝代。

这楚梅是一株黄梅，在这寺内与她相伴的还有一株唐代的银杏树，可称是她的小妹妹。那棵银杏树显得粗壮气派，一直享受着人们的膜拜，每一根树枝上都飘扬着写有祈福话语的红布条，那是无数人虔诚的祝福和祈盼。红布条让银杏树多了人间的喧哗，而楚梅却一直是素面朝天，质朴无华地站立着，显得与世无争，风轻云淡。

寺内那座观音甘露宝塔，供奉观音菩萨甘露主尊，塔身内外都绘有观音壁画，显示出汉、隋、唐、宋、元、明、清各个朝代的不同风格，似乎也记载着悠远的历史，仿佛只有这样，宝塔才能与楚梅相伴。

塔身石栏玉柱上刻有飞龙、白象、麒麟、雄狮、白鹿等五百余个形态各异的精美石雕，古人匠心独具，在那塔上造有五十六个飞龙挑角，一条条飞龙口中垂含纯铜风铃，风铃随风敲荡，那铃声从古到今，有几人听得明白？

当地史志有记载，抗战时期，日本侵略军强行驻扎于章华寺，野蛮毁坏了寺院里的多尊佛像，寺僧们奋不顾身地上前阻止，日本军队则要放火焚烧，当时章华寺的方丈为本一法师，经他一番殊死交涉，才使寺院免于大劫难。如今无法将当时的情景一一还原，但可以想见面对那些刺刀相逼、手持火把的凶狠侵略者，法师该是何等正气凛然。

或许，本一法师的凛然正是来自这座古老寺庙的凛然，当然也来自相伴古寺的楚梅，那一腔清冷凛然之气，贯透古今，让那些日本军人面对这两千多年的厚重历史，不得不赧然而退。

那株晋梅是在湖北黄梅江心寺内。

诗人李白曾云游至此，写下一首令天上人也惊喜交加的诗，即《夜宿山寺》：“危楼高百尺，手可摘星辰。不敢高声语，恐惊天上人。”读这首诗的时候，人们似乎都需小心翼翼、轻声细语，真

清　朱耷《古梅图》

的唯恐高声惊动了天地。那楼一定是很高的，尤其又建在江心的一座孤峰蔡山之上。

《读史方舆纪要》载：“《春秋传》大蔡，盖以山得名。”古代的蔡山位于大江中心，山上有寺，名“江心古寺”。后因长江改道南移，蔡山在北岸江堤以内，便已与大江相隔十几里了。

蔡山与庐山隔江相望，站在庐山北望蔡山，“插向江天此一峰”；站在蔡山南望庐山，“一山飞峙大江边”。庐山雄伟壮丽，蔡山纤巧秀丽，两山各具特色，相映成趣，引得无数侠士高人游览于此。晋时便有一位名叫支遁的高僧，据说他在此修建了寺庙，还在山顶建了一座摘星楼，并亲手栽下梅树一棵，从此孤峰之上有了点点幽香。

据清光绪二年（1876年）版《黄梅县志》载：“蔡山寺，在邑西南江畔，古名江心寺……有支遁手植梅树一株，尚存，亦邑之名胜也。”清代杨自发的《江心寺》题壁诗，亦写了这高僧支遁植梅和李白题诗之事：

孤峰一角水之涯，
灵鹫飞来立浅沙。
浪打山唇潮欲上，
天低楼角月初斜。
谪仙泼墨还留石，
支遁栽梅尚著花。

却忆曹成谈往事，

纪宫碑字绾龙蛇。

自晋代以来，那梅至今已有一千六百六十余年寿龄。

奇的是那晋梅开花时间从冬及春，久艳不凋，是为二度梅。花为白色，花蕊粉红，十分娇艳。

她饱经风霜，皮褐纹皱，根部已被蚁虫蛀空，透着光亮，让她赖以生存的恰是那完好的树皮。她的主干仅存一些残留的断枝，但却努力地分叉，向北而倾生出另一大侧枝，渐成新的主干，在其顶端又长出新枝，构成树冠。每年大寒至雨水期间，白花吐蕊，幽香四溢，让人慨叹，真乃铁骨洁面，素质冰心。

新中国成立以来，政府对文化遗迹加以重视保护，晋梅的根基得到稳固；二十世纪六十年代，又先后采取种子育苗、剪枝分插的办法对晋梅成功繁育。晋梅现已于黄梅县城、五祖寺、五祖林场等地生根开花。

黄梅建县于隋开皇十八年（598年），因域内有黄梅山、黄梅水而得名。而在此之前的二百年，已有了晋梅。是越来越茂密的梅树给这地方带来代代相传的文脉，据此有了县名，还有了发源于此的黄梅戏。

隋梅，则在浙江天台山的国清寺大殿东侧小院中。

这寺始建于隋开皇十八年（598年），相传是依据天台宗创始人智颤大师亲手所绘的样式所建。但他画了图之后，却因没钱而未能动工，临终前留下一份遗书，写道：“不见寺成，瞑目为恨。”后来，这遗书及图纸被隋炀帝杨广得知，他即批出银钱，并派司马王弘监造，由智颤大师的弟子们按照那张图纸建起了寺庙，初名为“天台寺”，后改为“国清寺”。

所谓“寺若成，国即清”，此言有说出自天台山上一老和尚定光之口，智颤曾拜他为师，在天台弘扬佛法，而定光和尚指点他找一处山环水绕的地方建寺，并说，当今天下，战乱频仍，百姓苦不堪言，若是建成寺庙，或可求得世间清平，百姓亦可安居。这国清寺建成之后，果然香火兴隆。

高僧智颤、智越在此创立天台宗，使国清寺成为中国佛教天台宗的发源地，传播海内外。鉴真东渡时也曾朝拜国清寺。而日本留学僧最澄曾亲临天台山取经，从道邃学法，回到日本后创立了日本天台宗，尊浙江天台山国清寺为祖庭。

历代许多有名的高僧将国清寺作为驻锡之地，唐代可称为天文学家的一行法师，号称“国清三隐”的著名高僧寒山、拾得、丰干，都曾长住于此寺幽窟中。还有南宋时期的济公和尚，最初便是在国清寺出家，他举止癫狂，却是一位学识渊博、扶危济困、彰善瘅恶的得道高僧。如今在国清寺后那座重檐挑角的碑亭额上，题有“法乳千秋”四个金色大字，昭示着这座名寺的千古功德。

国清寺内的观音殿西侧，立有一座报恩塔，黄铜宝顶，盖有紫铜瓦，仰头望去便觉那塔顶熠熠发光，自是灵光闪现。这塔由日本莲宗信徒捐赠所建，只因天台山为日本高僧最澄大师曾经留学过的灵址，受到日本信众的敬仰，特恳求修建此塔，表达“感恩报恩”之意。

千年以来，这国清寺几度或毁于战火，或摧于风暴，但人们对这名寺的景仰从未中断，寺宇规模在屡次重建中得以扩展。二十世纪七十年代，国务院总理周恩来曾亲自下令对国清寺加以修缮，并特意从北京调运了一批珍贵的佛像、法器到此，使得古寺越加佛光普照，熠熠生辉。

而那株建寺之前便由智𫖮大师所植的梅树历经一千四百多年的岁月，见证了所有的变迁。她也曾几度枯萎，又几度复苏，而今仍是花开满枝。她迎送过无数文人墨客、佛徒高僧，为人们留下了一个个美妙的传说，也留下了一首首诗文。郭沫若有诗《题国清》道：

塔古钟声寂，
山高月上迟。
隋梅私自笑，
君梦复何痴。

邓拓也曾为此树写下《题梅》一诗：

剪取东风第一枝，

半帘疏影坐题诗。
不须脂粉绿颜色，
最忆天台相见时。

中国五大古梅之唐梅、宋梅均在超山。

浙江超山是一座风光绮丽、古迹众多的平原小山，为著名的天目山的余脉，位于浙江余杭的塘栖镇，以梅景而出名，为江南三大探梅胜地之一。

超山的梅花素称“古、广、奇”三绝，“古”指唐、宋二梅；“广”指梅树满山遍野，达数万株，每当二月，花蕾齐放，白花平铺散玉，数十里遥天映白，蔚为壮观；“奇”则指超山梅花品种多样，白梅、红梅、绿萼、蜡梅争奇斗艳，且多有一般少见的“六瓣梅”。

这山不在高，但从山脚至山巅，也有石阶一千二百余级，沿途多弯，俗称“十八只香蕉湾”。勉力登上山巅，便可凭台远眺，自有一番好风景。晴日里可望至钱塘江，虽看不清那潮起潮落，但耳旁呼呼的风声也恰似那潮水涌动的轰响，让人心向往之。远眺之时，方圆数十里尽收眼底，烟雾朦胧中掩映着塘栖数万人家，水乡湿地，田垄井井，河港如织，还有数百个大小不一的池塘，犹如盘盘明镜。

超山北麓的大明堂为山峦环抱，白墙青瓦。那堂前的宋梅从前恰似一位风烛残年的老人，树身已半枯、中空，只剩半片树皮，

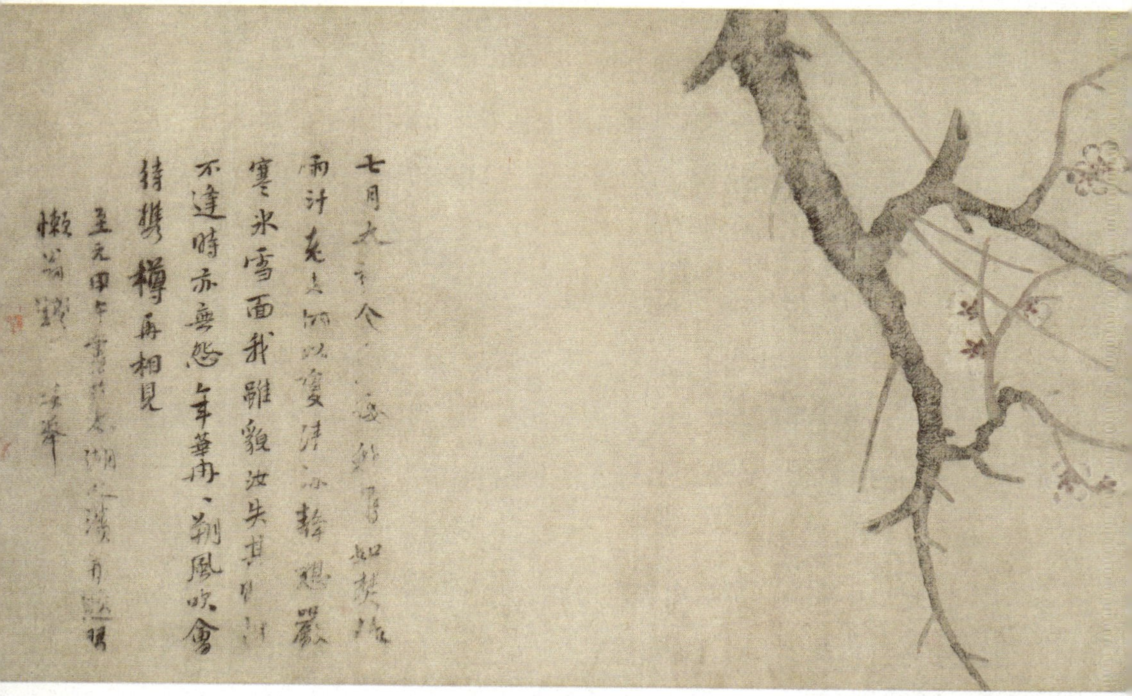

元　钱选《花鸟图卷》

古干佶屈，苔蟠其身，但逢开花时节却仍有蓓蕾冒出，那花朵却是少见的六瓣。老干新花，让人不得不惊叹她顽强的生命力。后来又经有心人加以嫁接，居然长出数枝新芽，继而伸展为生机盎然的大树，总得血脉延续、枯木逢春。

古语有云：“六出为贵。”世上梅花花瓣多为五瓣，超山梅花却以六瓣居多，这宋梅的花瓣，也是六瓣。

那唐梅则深藏不露，穿过大明堂的月洞门厅，进一庭院，石径两旁数十株白梅与红梅，只是点缀陪衬，再往前去，走到石径尽头，便可见一石坛，坛壁上刻有“唐梅”二字，抬首仰望，那株苍老的梅树也如微微颔首，面对来客。

所谓唐梅，相传种于唐朝开元年间，但也另有一说法，认为唐梅是为纪念宋代义士唐珏而命名的。即使如此，那梅也至少应种于宋代前后。花开时白若釉瓷，心叶五枚，数枝翘然于超山梅海之间，一派仙风。花期最盛时，那唐梅花开万朵，香飘数里，是万众瞩目的“超山之宝”。

超山多梅，山上的建筑也多因梅而兴。唐梅身后有一座朱色柱梁、花窗堂门的楼宇浮香阁，无疑是为这棵老梅树而建。

山上另有一座翘角飞檐的石亭，名曰宋梅亭，匾额由现代著名书法家余任天所题。亭四周的石柱上，刻有七副楹联，都出自雅士之笔。这亭也来自一帮风雅之人对梅的珍惜。据说是在1923年仲春，吴兴书画家周庆云，受书画家姚虞琴所邀，与塘栖文人王绶珊等人共游超山，见报慈寺香海楼（现大明堂）前老梅树数十株，苍苔鱼鳞，虬曲如龙，心甚奇之。遂与友人约定，在宋梅树旁构筑小亭。又寄信函于大书画家吴昌硕，邀其作宋梅图。众擎易举，这梅亭竟在当年底就筑成。

人们环绕唐梅和宋梅，于水域曲折、河道迂回处泛舟寻梅之间，可见“十里梅花香雪海”，也可见林中隐匿着的亭台楼榭，粉墙黛瓦。历代文人墨客前来赏梅，留下大量诗文书画、摩崖石刻。“白花平铺散玉，十余里遥天映白，如飞雪漫空，天花乱出”正是来自前人。

江南人赏梅又分探梅、观梅、寻梅。

探梅时，梅花尚含苞待放，让人殷勤期待；观梅时正值梅花怒放，呈现出一片胜景；寻梅时，梅花落英缤纷，但让人回味无穷。唐、宋二梅更是芸芸众树中最为杰出者，她们历经沧桑，坚忍不拔，给前来赏梅的人们带来无穷激励。

古梅，每一株都是一本大书。

她们静静地度过那些悠远的岁月，历经枯荣，仍生生不息，却将无数故事埋在心底。她们生长在圣洁之地、风雅之所、幽静之处，身处万变之中却不改一身清丽高洁。

或者正是因为有梅，这地方才有了清雅，有了高洁。

寒冬时节，万物凋零，她怒放满树繁花，散发淡淡幽香，傲然斗霜雪，任由群芳妒。至初夏，树冠之上，青叶嫩枝交织，洋洋洒洒，青梅随意点缀其间，如翠珠，生机无限。

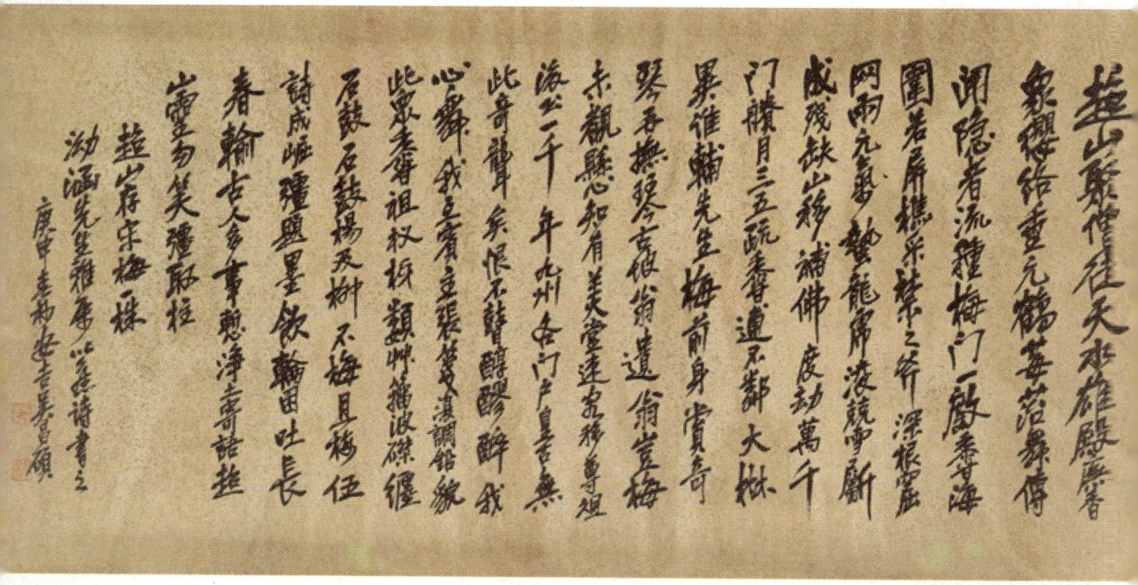

吴昌硕 《超山存宋梅一株》

中国大地上，还有许多树龄超过二百年的古梅，她们分布甚广，浙江、湖北、云南等地均有。清代诗人窦居炎曾对云南的“元梅明茶”作了一副对联，被爱梅赏梅之人传诵，上联是“阅历风霜，问尔几生修到此”，下联为“传来锦绣，有谁千载艳如斯”。

是啊，相对古梅，人的一生实在短暂，如一现即逝的昙花，怎能不羡慕和敬畏那阅尽风霜的古梅？她的生命似乎早已跨越时光的阻绊，也无视任何枯荣、孤独和坎坷，以看似柔弱之躯，面对天下风云。眼见那些帝王将相、达官贵人来来去去；那些文人墨客，提笔挥墨，低吟浅唱；那些咏叹她、从她身旁走过的男人女人，随风而来，又随风而逝。对梅而言，一切都如过眼云烟。

一步步走近古梅，会感觉一步步走进历史，灵魂升腾，无形中挣脱开一层层束缚，得一种别样的目光去审视从前。

还有从前的从前。

即便惊诧于曾经没有的发现，但也不是孤独的。伴随你的，有梅的气息，那种纯净的幽香，会让人怦怦的心跳变得舒缓，她的柔弱和她的坚强同在，她的短暂与她的长久同驻。

在我的家乡三峡，古来民间便有一种说法，活在世上的每个人在另外一个世界都有一棵属于他的花树，或桃李杏樱、玉兰海棠，或丁香木槿、桂花紫荆，或这幽香阵阵的梅花……花树的命运映照着人的命运，而人的所有德行都遥遥地令这花树或枯萎或葱茏。

那古梅当是谁的花树？是谁历经千年，他的品行依然滋养着这鲜活美好的一树梅花？

第二章

品梅

1. 范村梅谱

南宋时，有了一本品梅的奇书。

这是有史以来对梅较全面的文字记载，因写书人所居之处为范村，故名《范村梅谱》。作者在书中称，范村“以其地三分之一与梅。吴下栽梅特盛，其品不一，今始尽得，随所得为之谱”。

那写书人便是南宋名臣范成大。

他对梅满心喜爱，满是怜惜，开篇便道：“梅，天下尤物。无问智贤愚不肖，莫敢有异议。”

从他的《范村梅谱》中可以得知，梅这一尤物已经穿越时代，经历了繁华盛世的大唐之后，到宋朝之时，天下人对梅无不喜爱，无不欣赏。范成大写道：“学圃之士，必先种梅，且不厌多。他花有无多少，皆不系重轻。”可见当时一些风雅之士，必有闲情逸致摆弄些花草，而且必先种梅，其他的花可有可无，都无关紧要，梅则是多多益善。

这也是他自己的心境。

他晚年辞官还乡，居住在石湖玉雪坡，既有梅数百株，后来又购下南边邻舍王氏的出租屋七十间，全都拆除，治为范村，“以其地三分之一与梅”。他将买下的房屋拆了平整成土地，将其三分之一栽种了梅树。当时的梅花在江南一带已是品种繁多，花色不一，范成大将那些梅花品种搜集齐全，栽种在他称为范村的土地上。他在修身养性的时光里，一边悉心照看梅花，一边将范村梅花的生长情况记录为谱，流传后世。

范成大的栽梅为“雅植”，这两个字由他亲笔书写。

他的书法清新俊秀，典雅俊润，与他的诗文在当时一并负有盛名。范成大善书，多受母亲蔡夫人影响，而蔡夫人正是北宋四大书家之一蔡襄的孙女。对范成大的诗书，后人多有评价，明代王世贞曾在《弇州山人四部稿》中称范成大：“……归隐石湖时作。即诗无论竹枝、鹧鸪、家言，已曲尽吴中农圃故事矣，书法出入眉山（苏轼）、豫章（黄庭坚）间，有米颠（米芾）笔，圆熟遒丽，生意郁然，真足二绝。”

用王世贞的话来说，范成大回到家乡所作的诗跟他所种的梅花一样，品种繁多，但大都写的是农家田园之事，他的书法又在苏轼、黄庭坚，甚至米芾的笔法之间，圆熟而又有生气。或许，他笔下的郁然生意恰是来自他对农事栽种的熟稔，所以深得百姓喜爱。人们传说，范成大与陆游性情相投，同在成都为官时，常在一起饮酒赋诗，范成大每每当场挥笔书写，孰料那落在纸上的墨迹尚未干，街上的百姓便已争相传诵，并被乐府传唱于弦歌，被人们题写在素屏团扇之上。

范成大于五十四岁时书《明州赠佛照禅师诗碑》，名噪一时，虽然此碑后来遗逸，但现仍有宋拓本藏于日本东福寺。

他的“雅植”并非故作风雅，而源于满腹诗书。

范成大幼年聪慧，十二岁时便遍读经史，十四岁时开始创作诗文，后来在昆山荐严资福禅寺读书，十年不出。范成大于宋高宗绍兴二十四年（1154年）开始为官，他登进士第，数次出任地方官员，从州守至制置使。曾在今浙江丽水和宁波、广西桂林、四川成都、江苏南京等地做过不少好事，修复堤堰、兴修水利、建桥梁、修古迹，还大力提倡减税、罢科籴、赈饥民、济贫乏，他一路为政，兴利除弊，不遗余力，是一位好官。

最令后人称道的是他不辱使命，作为泛使出使金国一事。

宋孝宗即位之后，为收复北方失地，发动北伐，但由于措置失当、将领失和，宋军兵败宿州，不得不与金国重新签订“隆兴和议”。在新的和议中，金国做出了一些让步，但对两国递交国书的礼仪等依然延续之前的“绍兴和议”，这令宋感到屈辱。主战派虞允文任相之后，奏请宋孝宗，建议派遣泛使到金国，去商议更改受书礼仪和归还宋皇室在北方的陵寝之事，宋孝宗深以为然。但此次出使，显然是要冒着极大的生命危险，一语不合，或许就会惹恼金国人而丢了脑袋，朝中官员有的不能胜任，有的根本不敢前往。虞允文推荐李焘和范成大二人作为使者人选。那李焘是史学典籍《续资治通鉴长编》的编撰者，却是才高胆小，吓得忙私下里找到虞允文，说：“这次前去，金国肯定不会答应我们的要求，而我们若是坚持，那就只会是以死相争。丞相你这是要置我于死地呀。”

话说得可怜，李焘躲过了这场差事。但同为读书人的范成大却是豪情满怀，慷慨就任，宋孝宗见此，也不由得感慨，说他气宇不群。

范成大抱定必死之心，来到金国都城中都（今北京），面见金国皇帝金世宗完颜雍，他大义凛然，将皇帝交代的任务娓娓道来，并当场递交国书。金世宗大惊失色，因为按照之前的礼仪，还有很复杂的程序要走，其中就含有对宋孝宗的轻慢之意，金国太子完颜允恭恼羞成怒，当场就要拔剑杀死范成大，一些武士们也一个个作势要扑向范成大，而范成大屹立不动，毫不畏怯。后来还是经越王阻止才平息了剑拔弩张的紧张局面。范成大回到会同馆后，有一金国的小吏悄悄告诉他，有大臣主张要将他长期扣留，范成大遂作《会同馆》一诗，诗中明志：

万里孤臣致命秋，
此身何止一沤浮。
提携汉节同生死，
休问羝羊解乳不！

忠义爱国，正气浩然。范成大出使金国，虽然没能完全达到预期目标，但在金国朝堂上不辱使命，临危不惧，就连金国的君臣们也都对他刮目相看，他坚守气节，昂然而归。《宋史》对范成大出使金国一事评价甚高：“成大致书北庭，几于见杀，卒不辱命。俱

宋　赵佶《梅花绣眼图》

有古大臣风烈，孔子所谓‘岁寒然后知松柏之后凋’者欤？”

范成大阅历深厚，他在多年为官生涯中“南至桂广，北使幽燕，西入巴蜀，东薄邓海”，熟知不同地方的风土人情，对民生疾苦了然于心，他在《后催租行》中借老农之口说道：“去年衣尽到家口，大女临歧两分首。今年次女已行媒，亦复驱将换升斗。室中更有第三女，明年不怕催租苦！”可谓字字泣泪，道尽无尽辛酸。

出使金国归来后，范成大写了一本《揽辔录》，记载了他出使金国一路的所见所闻，反映了北方人民的疾苦和悲愤。他亲临其境，感触颇深，所写的诗文完全不同于当时南宋其他诗人对中原情景的想象，若用当下的文学标准评价他的诗，可谓当之无愧的“非虚构”，如《青远店》《州桥》《双庙》等。“州桥南北是天街，父老年年等驾回。忍泪失声询使者，几时真有六军来？”此诗为他过汴京时所作，短短几句以白描手法，使失去故园的人民盼望光复的殷切之情及悲苦现状跃然纸上，表达了人们对朝廷议和不战的激愤失望。而今读来，仍能感到诗人一腔热血。

范成大与杨万里、陆游、尤袤合称南宋“中兴四大诗人”，又称南宋四大家，现存于世的诗有一千九百余首。钱锺书曾在《宋诗选注》中谓之：“也算得中国古代田园诗的集大成者。”这评价可谓中肯。

清代石韫玉称他：“达于政体，使不辱命。晚归石湖，怡神养性。”范成大晚年回到家乡苏州石湖，修身养性，还专心做了一件事，也就是写成了《范村梅谱》。

范成大酷爱梅花，本是当时赏梅、咏梅、艺梅、记梅的名家，晚年回到家乡苏州石湖后种梅、品梅，号称“石湖居士”，他悉心建造的梅园、精心栽种的梅花成就了他的《范村梅谱》。这部著作是我国，也是世界上第一部梅花专著，文字清新，富有韵致，不仅有花色品种的记录、梅花的栽培传述，更有对梅的格调之评说，是一部对于我国梅花的绵延、梅花精神的培育有着启蒙意义的专著。

《范村梅谱》中记载了十二个梅花品种，如“江梅，遗核，野生不经栽接者，又名直脚梅，或谓之野梅”；“百叶缃梅……别有一种芳香，比常梅尤秾美，不结实”；“早梅，花胜直脚梅，吴中春晚二月始烂漫，独此品于冬至前已开，故得早名”；“重叶梅，花头甚丰，叶重数层盛开，如小白莲，梅中之奇品”；“绿萼梅，凡梅花跗蒂，皆绛紫色，惟此纯绿，枝梗亦青，特为清高”。除了以上这些，《范村梅谱》还记载有官城梅、消梅、鸳鸯梅、杏梅花、蜡梅等。

从《范村梅谱》中可知，“符都卖花者……冬初折未开枝，置浴室中，熏蒸令拆……”即折梅插瓶宋代已盛行，那时的花农已摸索出催花技术，为了早些卖出些梅花，挣得好价钱，便于初冬梅花含苞待放之时，剪取梅枝置于热气蒸腾的浴室中，这样含苞之梅就能早早绽开了。

范成大也写到从前的古梅，称“会稽最多，四明吴兴亦间有之。其枝樛曲万状，苍藓鳞皴，封满花身。又有苔须垂于枝间，或长数寸，风至绿丝飘飘可玩”。范成大尝试从会稽移植十株，一年后花虽盛发，苔皆剥落殆尽。然而从湖州武康移来的，就没有变化。他自有分析，认为植物换了水土，就会与新环境不相宜（会稽与苏州有一江之隔，而湖州与苏州接壤），植物对不同土壤的适应能力有所不同。并说凡古梅多苔者，封固了花叶之眼，惟罅隙间始能发花，花虽稀而气之所钟，丰腴妙绝。苔剥落之后，则花发仍多，与常梅同。

四方为官的经历让他广闻博见、用笔从容，《范村梅谱》中随笔记下好些梅之奇古趣事。他写道，离成都二十里的地方，有一株卧梅，偃蹇十余丈，气势昂然，相传为唐物，谓之梅龙。好事者载酒游之。此外，有一清江酒家，有大梅如数间屋，傍枝四垂，周遭可罗坐数十人。后来被任子盐运使买了，当作了自家的凌风阁，后来又进一步建了一个很大的园林，谓之盘园。

因对梅的喜爱便有了梅的故事，更有了对梅的品格之探究。范成大一生以梅为题写了一百七十余首诗词，其诗词清新妩媚，别有风韵。如《霜天晓角·梅》：

晚晴风歇。一夜春威折。
脉脉花疏天淡，云来去、数枝雪。
胜绝。愁亦绝。
此情谁共说。
惟有两行低雁，知人倚、画楼月。

范成大晚年在石湖写下《范村梅谱》《范村菊谱》等，田园风华，皆在其中。后人对范成大的评说如云，其中对《范村梅谱》的评价也极盛。“梅以韵胜，以格高，故以横斜疏瘦与老枝怪奇者为贵。”范成大《范村梅谱》的后序是这部书的点睛之笔，他首次将对梅的欣赏提升到品韵、韵致和品格、格调的层面。而他出使金国的气节、抚贫哀农的仁心，也都体现了他对这品格的领悟。

或许可以说，从《范村梅谱》开始，从远古而来的梅，不仅让人看到了她姣好的模样，嗅到了清雅的幽香，还悟到了她的精魂。

她不再仅是山野间的一株植物，她与中华民族的气脉相向而行，融为一体。

2. 为烟尘不染——梅品

梅是有品格的。赏梅、品梅的人也应是有品格的，否则，不可能真正领略梅的风韵。同时，赏梅、品梅又一定要有十分的讲究。几千年的中国文人，有着高超绝妙的审美方式，宋代的张镃撰写的《梅品》便是其中一朵奇葩。

张镃，原字时可，因慕郭功甫，故易字功甫，号约斋。南宋文学家，先世成纪（今甘肃天水）人，寓居临安（现浙江杭州），卜居南湖。出身显赫，为宋南渡名将张俊曾孙、刘光世外孙。他又是宋末著名诗词家张炎的曾祖，是张氏家族由武功转向文阶过程中的重要人物。隆兴二年（1164年），为大理司直。淳熙年间直秘阁通判婺州。庆元初为司农寺主簿，迁司农寺丞。开禧三年（1207年）参与谋诛韩侂胄，又试图革去宰相史弥远的官职，事泄，于嘉定四年（1211年）十二月被除名象州编管，卒于是年后。

张镃出身高贵，能诗擅词，又善画竹石古木。曾学诗于陆游，与尤袤、杨万里、辛弃疾、姜夔等交好。《齐东野语》载“其园池、声妓、服玩之丽甲天下”，又以其牡丹会闻名于世。今传《南湖集》十卷、《仕学规范》四十卷。

杨万里在为张镃所作的《约斋南湖集序》中写道：“初予因里中浮屠德璘谈循王之曾孙约斋子有能诗声，余固心慕之，然犹以为贵公子，未敢即也。既而访陆务观于西湖之上，适约斋子在焉。则深目顰蹙，寒肩臞膝，坐于一草堂之下，而其意若在岩岳云月之外者，盖非贵公子也，始恨识之之晚。”

可见后来居于这南湖的张镃满面忧愁、清癯瘦削，已退却了贵公子的华服戾气，因此让杨万里觉得相见恨晚。

张镃能诗善画，杨万里也是擅长赏梅吟梅的诗人，二人心性相通，后来交情不浅。

《梅品》写于绍熙五年（1194年），是一部品梅的宝典。它与先于他的范成大的《范村梅谱》有异曲同工之妙，成为欣赏和研究梅文化的学者不断开掘的重要财富。《梅品》全文只有八百余字，却精粹至极，最早收集在宋末元初文人周密的笔记专著《齐东野语》之中，世代相传，在此也不能不录，请读者自品：

梅花为天下神奇，而诗人尤所酷好。淳熙岁乙巳，予得曹氏荒圃于南湖之滨，有古梅数十，散辍地十亩。移种成列，增取西湖北山别圃红梅，合三百余本，筑堂数间以临之，又挟以两室，东植千叶缃梅，西植红梅，各一二十章，前为轩楹，如堂之数。花时居宿其中，环洁辉映，夜如对月，因名曰玉照。复开涧环绕，小舟往来，未盈半月舍去。自是客有游桂隐者，必求观焉。顷者太保周益公秉钧，予尝造东阁，坐定，首顾予曰："一棹径穿花十里，满城无此好风光。"盖予旧诗尾句。众客相与歆艳。于是游玉照者又必求观焉。值春凝寒，反能留花，过孟月始盛。名人才士，题咏层委，亦可谓不负此花矣。但花艳并秀，非天时清美不宜，又标韵孤特，若三闾、首阳二子，宁槁山泽，终不肯俯首屏气，受世俗湔拂。间有身亲貌悦，而此心落落不相领会，甚至于污亵附近，略不自揆者。花虽眷客，然我辈胸中空侗，几为花呼叫称冤，不特三叹而足也。因审其性情，思所以为奖护之策，凡数月乃得之。今疏花宜称、憎嫉、荣宠、屈辱四事，总五十八条，揭之堂上，使来者有所警省，且示人徒知梅花之贵而不能爱敬也，使与予之言传布流诵，亦将有愧色云。

花宜称，凡二十六条

为澹阴；为晓日；为薄寒；为细雨；为轻烟；为佳月；为夕阳；为微雪；为晚霞；为珍禽；为孤鹤；为清溪；为小桥；为竹边；为松下；为明窗；为疏篱；为苍崖；为绿苔；为铜瓶；为纸帐；为林间吹笛；为膝上横琴；为石枰下棋；为扫雪煎茶；为美人澹妆篸戴。

花憎嫉，凡十四条

为狂风；为连雨；为烈日；为苦寒；为丑妇；为

俗子；为老鸦；为恶诗；为谈时事；为论差除；为花径喝道；为对花张绯幞；为赏花动鼓板；为作诗用调羹驿使事。

花荣宠，凡六条

为烟尘不染；为铃索护持；为除地镜净、落瓣不淄；为王公旦夕留盼；为诗人阁笔评量；为妙妓澹妆雅歌。

花屈辱，凡十二条

为主人不好事；为主人悭鄙；为种富家园内；为与麄婢命名；为蟠结作屏；为赏花命猥妓；为庸僧牕下种；为酒食店内插瓶；为树下有狗矢；为枝下晒衣裳；为青纸屏粉画；为生猥巷秽沟边。

梅品终。

开篇可谓序，写到他购地植梅造园的经历，描述那美丽的梅园“一棹径穿花十里，满城无此好风光”，竟引得前来赏梅的客人络绎不绝，更有那一个个名人才士在梅园里摇头晃脑，题词咏赋。但在张镃看来，好些人只是附庸风雅，胸无点墨，不仅谈不上品梅，甚至可以说是污亵梅林。张镃看得难耐，为告诫那些“徒知梅花之贵而不能爱敬”的世俗之辈，特地写了这《梅品》一文，文中列出“花宜称”“花憎嫉”“花荣宠”“花屈辱”等相关五十八条，一条条写得清楚，道得明白，张贴在梅园的玉照堂之上，前来探梅的客

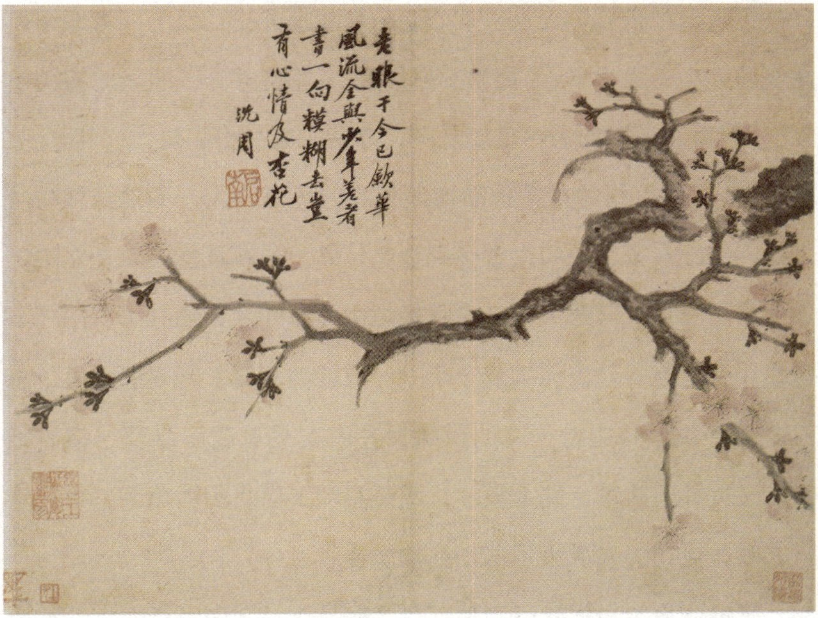

明　沈周《卧游图册》

人必先审之，才能进得园去。

张镃的《梅品》惊世骇俗，将一班自谓高雅却难免庸俗之人打回原形，即使千年之后的今天，读到这些文字，也让人肃然起敬，并不得不一日三省。《梅品》讲究十分精细，一为天时与地利，二是境遇与摆设，三为花品与人品，四指雅趣与脱俗。

古人常把良辰、美景、赏心、乐事相提并论，认为四者兼而得之实乃人生一大幸事，《梅品》亦如此。“花艳并秀，非天时清美不宜”，只有在适当的天时良辰之间，才能领略品梅的最大兴味。

“花宜称”指的是赏梅品梅最相宜的环境，无一不是淡雅高洁之处，细细看去，倒叫人意会到梅之佳妙，也在环境的烘托之中。如那澹阴晓日，薄寒细雨，朦胧轻烟中佳月映照，还有那夕阳之下雪花伴着晚霞，珍禽孤鹤或守于一旁或翩翩起舞。若寻那去处，总在清溪小桥、竹边松下、明窗疏篱左右，只见苍崖绿苔、铜瓶纸帐，又见林间吹笛、膝上横琴，或是石坪下棋、扫雪煎茶，再有难言之妙，更在美人淡妆簪戴，红袖添香。

张镃这人本来就能诗善画，在《梅品》一文中对最适宜于赏梅的情景做了诗意的勾勒。这一番情景，是中国古人造化的美好。即便是到了高楼林立、车水马龙的快节奏生活的今日，也难抹去人们心中所向往的古人之气韵。若要活得有情致，这“花宜称”便是教科书也。

张镃以梅花的品格联想到了三闾大夫屈原和首阳二子伯夷、叔齐的人格，同样是标韵孤特，终不肯俯首屏气，受世俗的煎熬。

《梅品》中谈到品梅时忌讳俗子恶诗、谈时事、论差除、花径喝道等。张镃对梅的理解鞭辟入里，对人的理解也入木三分，平日里看得多了，对蜂拥到他的梅园来观赏、找乐子的人们，他早已分出雅俗，面对那些不堪的、煞风景的行为忍不住叱之，直白地点出“树下有狗屎，枝上晒衣裳”是梅的屈辱，想来当年这样的情景已并非偶然，让这位诗书在胸的梅痴忍无可忍。

《梅品》影响深远，其中对赏梅各种雅境的描述，如一张张精美的绘图，给后世的园林、建筑极好的提示，在许多有名的园林建筑中，都有参照和借鉴它的元素。它广为流传，甚至还影响到日本、韩国、东南亚一带。

张镃的《梅品》与范成大的《范村梅谱》的出现并非偶然。王国维在《宋代之金石学》一文中说道：“故天水一朝人智之活动与文化之多方面，前之汉唐，后之元明，皆所不逮也。”唐、宋之际，社会经济水平有了很大发展，世人日常娱乐也随之趣味多加，娱乐活动由贵族阶层整体下移至平民社会，因此出现宋人撰写的多种记录城市休闲活动的谱录，这与前代多与生产种植内容相关的著述大有区别。北宋时人即撰写了数量众多的园林花卉、文人清赏类谱录，如欧阳修的《洛阳牡丹记》、沈立的《海棠记》、杜绾的《云林石谱》、苏易简《文房四谱》等。

而对梅花的观赏始于汉初，盛于南北朝，而后逐渐萌生出独有的梅花文化，范成大的《范村梅谱》、宋伯仁的《梅花喜神谱》、张镃的《梅品》等于南宋时期应运而生，它们各具特色，成为我国古代梅文化的宝贵典籍。

《范村梅谱》侧重于记录江南所植梅花品种性状及栽培嫁接技艺，并提出了梅花品格一说；《梅花喜神谱》以木刻版画并配以诗咏的形式展示梅的神韵；而《梅品》则将品梅赏梅的全过程上升到了美学的高度。

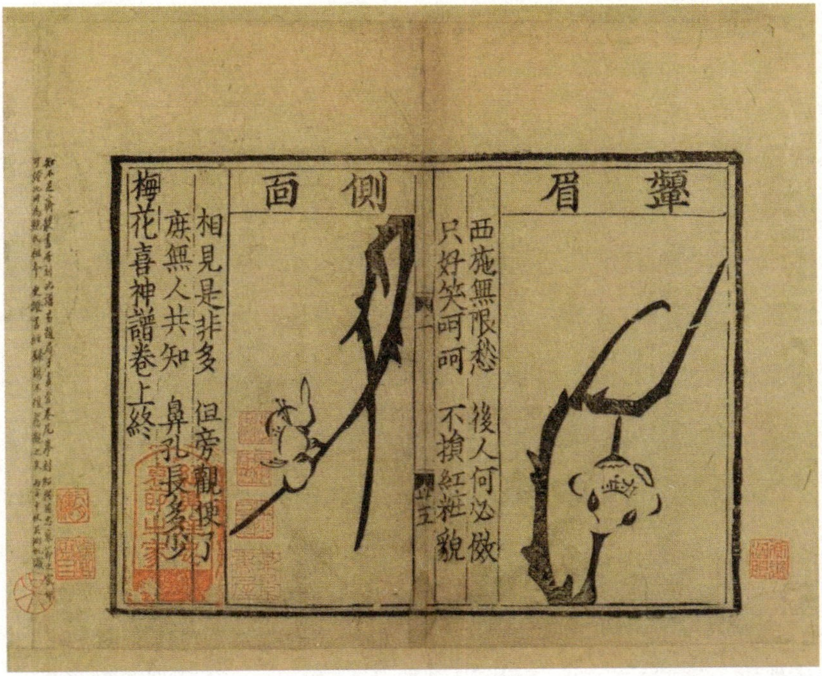
顰眉
西施無限愁　後人何必傚
只好笑呵呵　不損紅粧貌
側面
相見是非多　但旁觀便了
羨無人共知　鼻孔長多少
梅花喜神譜卷上終

《梅花喜神谱》书影

3. 梅妻鹤子

北宋有位著名的隐逸诗人林逋，字君复，被后人称为和靖先生，奉化大里黄贤村人。他通晓经史百家，性孤高，喜恬淡，不趋荣利。曾漫游江淮间，后隐居杭州西湖，结庐孤山。常驾小舟遍游西湖诸寺庙，与高僧诗友相往还。每逢客至，童子会纵鹤放飞，林逋见鹤则棹舟归来。

林逋隐居西湖孤山，终生不仕不娶，唯喜植梅养鹤，自谓“以梅为妻，以鹤为子”，人称“梅妻鹤子”。

他以湖水山岳为伴，相传几十年里，足不及城市，以布衣终身。当朝宰相王随、杭州郡守薛映均敬其为人，又爱其诗，时常趋往孤山与之吟诗唱和，并出俸银为之重建新宅。范仲淹、梅尧臣也与林逋惺惺相惜，有诗唱和。大中祥符五年（1012年），皇帝宋真宗闻其名，赐粟帛，并诏告府县存恤之。林逋虽心存感激，但从不以此骄人。世人多劝其出仕，均被他婉言谢绝，说：“然吾志之所适，非室家也，非功名富贵也，只觉青山绿水与我情相宜。”

如今看来，林逋当是最早的热爱自然的文人之一，拒绝世俗万般诱惑，只与山水相伴。

老之将至，他在宅院附近为自己修了一座墓，并作诗：“湖上青山对结庐，坟前修竹亦萧疏。茂陵他日求遗稿，犹喜曾无封禅书。”他以从未做官为荣，作诗也是随就随弃，从不留存。有人问：“何不录以示后世？”他答道：“我方晦迹林壑，且不欲以诗名一时，况后世乎？”有爱他诗文的有心人偷偷记之，终得以将三首词、三百余首诗传世。林逋去世之后，宋仁宗嗟悼不已，赐谥“和靖先生”，葬其于孤山故庐侧。（见《宋史》卷四五七《隐逸传》、宋代桑世昌所著《林逋传》。）

林逋善绘事，工行草，可惜所作之书画从不传之于世。人称他的书法瘦挺劲健，笔意类欧阳询、李建中而清劲处尤妙。他的诗文，多写西湖的优美景色，或自抒胸臆，隐逸生活闲适情趣，多有奇句，孤峭浃澹，风格澄澈淡远，而未尝存稿，少有留传，即受到许多名士的赞誉。陆游谓其书法高绝胜人。苏轼高度赞扬林逋之诗、书及人品，并诗跋其书：“诗如东野（孟郊）不言寒，书似留台（李建中）差少肉。”黄庭坚云：“君复书法高胜绝人，予每见之，方病不药而愈，方饥不食而饱。”林逋书法存世作品仅三件，《自书诗帖》是其中篇幅最长者。明沈周诗云：“我爱翁书得瘦硬，云腴濯尽西湖绿。西台少肉是真评，数行清莹含冰玉。宛然风节溢其间，此字此翁俱绝俗。”

一生以梅为妻的林逋，清冷幽静，闲淡浑远，展现出赏梅品梅的至真至诚。在那个风雨飘摇的时代里，他洁身自好，坚守着一份独立性情，也因此成为后世无数知识分子仰慕的精神偶像。

宋室南渡之后，杭州变成了帝都。孤山上到处修建皇家寺庙，山上原有的宅田墓地等全被迁出，唯独留下了林逋的坟墓。在南宋灭亡之后，有盗墓贼以为林逋是大名士，墓中的珍宝必定极多，于是前去盗挖。可是后来发现坟墓之中，陪葬的竟然只有一只端砚和一支玉簪。端砚乃砚之珍品，是林逋平日自用之物，而那只玉簪来自哪位美妙的女子，他们之间又藏有什么秘密，却不得而知。

但可以料定的是，终生未娶的林逋并非无情之人，在他仅存的三首词里，有一首《相思令》让人浮想联翩：

吴山青，越山青。
两岸青山相对迎，
谁知离别情？
君泪盈，妾泪盈。
罗带同心结未成，
江头潮已平。

他一生不娶，无子，但有好些侄子，甚至若干年后，还有人自称为他的七世孙。清代施鸿保《闽杂记》中记载，清嘉庆二十五年（1820年），林则徐任浙江杭嘉湖道时，曾亲自主持重修杭州孤山林和靖墓及放鹤亭、巢居阁等古迹，可见林逋受到的重视。修葺期间曾发现碑记，记载林和靖，也就是林逋确有后裔。这后裔或许是

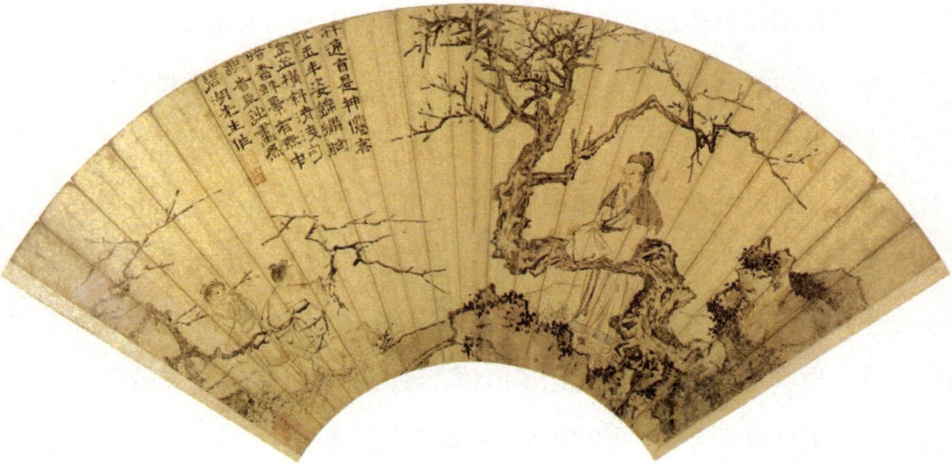

明　谢时臣《选梅折技图》

过继兄之子，也未可知。后来出现一件趣事，有一位曾撰文《山家清供》的文人林洪，自称福建泉州人，宋绍兴间进士，青年时代游读于杭州，想在江浙一带跻身士林，有一次，他就自称是林逋七世孙，当即被很多人讥讽，有人还作诗云："和靖当年不娶妻，只留一鹤一童儿；可山认作孤山种，正是瓜皮搭李皮。"

但另有《闽杂记》中记载，与林洪同时代的诗人施枢之却认为林洪的确是林逋七世孙，并作诗《读林可山西湖衣钵诗》为之佐证："梅花花下月黄昏，独自行歌掩竹门。只道梅花全属我，不知和靖有乃孙。"

这自称林逋七世孙的林洪游历江淮二十秋，也善诗文书画，著有《西湖衣钵集》《文房图赞》；还有《宫词》二首、《冷水亭》一首被收入《千家诗》。林洪常游园作画，对园林、饮食也颇有研究，所著《山家清事》记述了山林清雅的玩赏之乐，《山家清供》二卷则写到了闽菜的历史源流，常被后人引述。

这七世孙无论真假，倒是给梅妻鹤子的林逋增添一段趣话。

然而，林逋留在人间最值得念想的，仍是他对梅的情分。有道是"金谷年年，乱生春色谁为主？余花落处，满地和烟雨。又是离歌，一阕长亭暮。王孙去。萋萋无数，南北东西路"（林逋《点绛唇·金谷年年》）。春秋岁月，多少富贵王孙都变作了萋萋荒草，却有那清莹含冰玉、宛然风节溢的《山园小梅》成为千古绝唱：

众芳摇落独暄妍，

占尽风情向小园。
疏影横斜水清浅，
暗香浮动月黄昏。
霜禽欲下先偷眼，
粉蝶如知合断魂。
幸有微吟可相狎，
不须檀板共金樽。

这一联“疏影横斜水清浅，暗香浮动月黄昏”，被誉为咏梅的绝唱。梅花的美，不同于牡丹的富丽，也不同于桃花的妖艳，她美在淡雅娴静。林逋这诗只写她的姿态和香气，疏疏落落的梅枝，纵横交错，映在清浅明澈的池塘中，黄昏的淡月下，飘散着缕缕幽香，极为和美。

亲近梅花，只需有那低吟的诗句，而不需歌舞和酒宴。“幸有微吟可相狎，不须檀板与金樽”，在这独居西湖孤山的江南才子林逋的眼里，梅是有情感、有品格的美人，他与梅朝夕相伴，心心相印，精神契合，融为一体，的确称得是心有灵犀的伴侣呵。

4. 一弄叫月，声入太霞

一弄叫月，声入太霞；二弄穿云，声入云中，青鸟啼魂；三弄横江，隔江长叹声。说的是古曲《梅花三弄》。

这首曲子又名《梅花引》《梅花曲》《玉妃引》，根据《太音补遗》和《蕉庵琴谱》所载，相传最早是由晋朝桓伊所作的一首笛曲或箫曲，后来被人改编为古琴曲，乐谱见于明洪熙元年（1425年）的《神奇秘谱》。

《梅花三弄》全曲共分十段、两大部分，采用循环再现手法，描写梅花的静与动，梅花的洁白芬芳、不畏严寒，且以梅借物抒怀，颂扬具有高尚节操的君子。

说到《梅花三弄》，有几则传奇故事。

东晋时候，有一个十岁的名叫桓伊的少年，跟随父亲从谯国铚县（今安徽宿县西）千里迢迢宦游衡湘，寓居在云锦庵，他那时便读书习武，喜爱观梅吹笛，人称“有武干，标悟简率，为王濛、刘惔所知，频参诸府军事”。这王濛是哀靖皇后之父，官至司徒令长史，刘惔为丹阳尹，这二人看中少年桓伊的济世之才，在哀帝面前推举了他。

桓伊少年英勇，初任淮南太守，后迁升为都督豫州诸军事、西中郎将，又多才多艺，常对梅谱曲，以笛吹奏，每当夜晚他便会吹起梅笛，笛声婉转清幽，人们以为是仙乐。《晋书》赞他“善音乐，尽一时之妙，为江左第一。有蔡邕柯亭笛，常自吹之”。就连晋成帝都忍不住召他前去吹梅笛，一边听，一边还不禁随之跳起梅舞。

东晋太元八年（383年），前秦国君苻坚率百万大军进犯东晋。少将军桓伊同谢安等人率八万晋兵迎战秦军于淝水（史称淝水之战），以一当十，打得秦兵一败涂地。战后，桓伊功成身退，于太元十年（385年）冬，又一次旅居梅树成林的云锦庵。一个冬雪之夜，素艳雪凝树，清香风满枝，他灵感迸发，当即谱就梅花一调，并照谱吹奏起来，吹着吹着，却听禅房中传来了古筝的和声。他喜不自禁，循声而去，却未能找到弹琴之人。寺里的僧人说，寺院内本无会筝之人，何来的琴声，莫不是将军听错了。但只要桓伊吹起这梅花调，便总感觉夜空中传来古筝相和之声，如此三番，沧浪月晚，影落梅梢香缥缈，桓伊从悠悠灵感中谱成了梅花三调。

可谓天籁之音也。

又说桓伊这人虽为武将，但酷爱音乐，为人谦逊，立战功而从不炫耀，并且为人仗义，极有君子之风。淝水之战的有功之臣谢安也因立下存晋之功而官至太保，但后来晋孝武帝之弟司马道子与谢安发生权争，屡进谗言，对谢安极尽诽谤，晋孝武帝不免也对谢安有了猜疑，渐渐冷落了他。桓伊得知，为谢安打抱不平，在一次宴会上，特为晋孝武帝演奏了一曲悲歌《怨诗》，唱道："为君既不易，为臣良独难。忠信事不显，乃有见疑患。周旦佐文武，《金縢》功不刊。推心辅王政，二叔反流言。"其声节慷慨，俯仰可观，晋孝武帝听来脸上甚有愧色，谢安更是为之动容，对桓伊感激不尽。

桓伊还曾为王徽之吹奏过《梅花三弄》，这在一些史书中也曾有记载。

王徽之是大书法家王羲之的儿子，曾任黄门侍郎，他才华过人，行为怪诞而放荡不羁。他曾在车骑将军桓冲手下做过骑兵参军，却不管事。一次桓冲见了他，没好气地问："你在哪个官署办公？"

他回答说："不知是什么官署，只是时常见到人牵马进来，好像是马曹。"桓冲又问："官府里有多少马？"

他回答："不问马，怎么知道马的数目？"

桓冲又问："近来马死了多少？"他回答说："未知生，焉知死？"

王徽之答非所问，却句句都有来历。西汉时丞相府曾设马曹，但东晋时军中并无马曹一职，王徽之为显示自己率性超脱，不理俗务，故意说成马曹。后来，宋代陆游曾有"文辞博士书驴券，职事参军判马曹"的诗句，说的就是王徽之这一段典故。"不问马"这一句则来自《论语·乡党》，原是说孔子的马厩失火，孔子“不问马”，只问伤了人没有。“不知生，焉知死”一句，来自《论语·先进》，原文为“季路问事鬼神，子曰：‘未能事人，焉能事鬼。’敢问死。曰：‘未知生，焉知死。’”王徽之应变奇妙，令人叹服。

桓伊与王徽之并不相识。有一天，王徽之应召赴东晋的都城建康，傍晚时分，他所乘的船停泊至青溪码头，恰巧桓伊将军乘车从岸上经过，船上有一位客人看见了，指着岸上叫道：“那是桓野王。”

桓伊小字（即小名）野王，王徽之一听，即刻命人上岸去，对桓伊说：“闻君善吹笛，试为我一奏？”

桓伊此时已是高官贵胄，但他也久闻王徽之的大名，并不在意他的唐突，竟下得车来，在青溪码头上了王徽之所乘的船。两人见面，却并无客套，桓伊径直坐到了船尾的胡床上，取出笛来，低头即吹。

那一声玉笛吹响，即为“溪山夜月”，笛音袅袅，荡漾在静静的江畔，一弄叫月，声入太霞；二弄穿云，声入云中，青鸟啼魂；三弄横江，隔江长叹声。人们眼前展现出一幅寒冬腊月间万木凋零，唯有梅花铁骨铮铮、迎寒而立的图景。随之，笛声响彻云霄，缭绕转折，苍劲有力，似大雪舞玉翻银，梅在寒风中笑绽枝头。

才子王徽之和船上所有的人都听得如醉如痴，忘记了周围的一切，全都沉浸在那桓伊的笛声中。

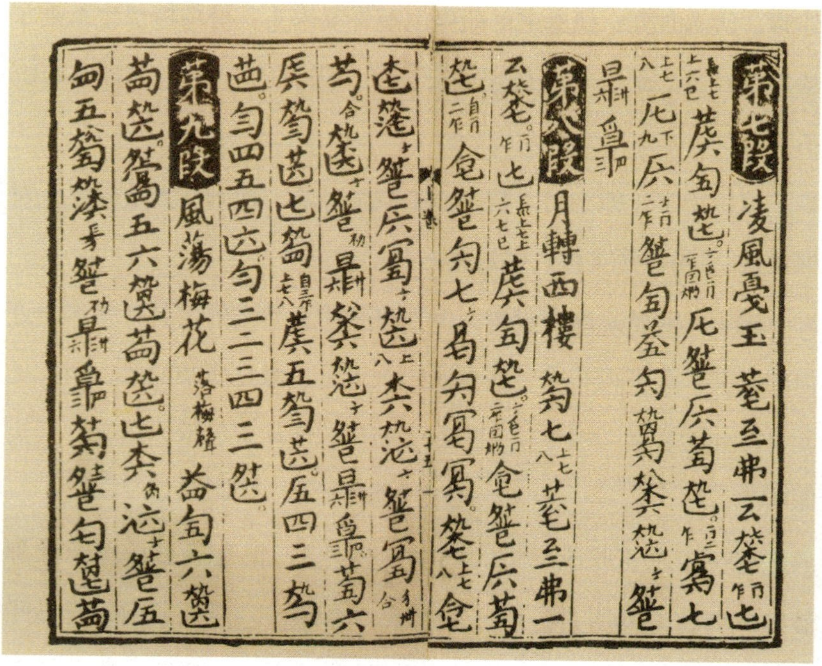

古琴谱《梅花三弄》书影

接下来，他们听到凌云戛玉的铁笛声，风荡梅花、欲罢不能，狂风大作，梅花却越加跌宕多姿，跳跃交替，桓伊昂首抬臂情绪激越，似见那梅花竞相怒放，迎风而立，毫无畏惧。

一曲终了，桓伊从唇边取下笛来，河水像是停止了流动，风也停止了吹动，只有笛声还在萦绕。梅花笑弄风霜的姿容，如眼前这人高雅的品格。他微微一笑，收笛起身，却并不发一语，飘然而去。

王徽之迅疾起身，但并不开言，也不追赶，只以极为敬慕的目光远远相送。桓伊敦和风雅，王徽之狂狷博学，二人不期而遇，神交至深却相互不发一语，全以品梅之情相通，他们心有灵犀的程度，实在令人生羡啊。

桓伊逝世后，《梅花三调》广为流传。到了唐代，著名琴师颜师古将《梅花三调》改为同名琴曲。明代朱权将《梅花三调》列入《神奇秘谱》辑中，并改曲名为《梅花三弄》。千古佳音《梅花三弄》经后世多次改编，在清代为琴箫合奏，现存有虞山派《琴谱谐声》（清周显祖编，1820年刻本）的琴箫合谱、广陵派晚期的《蕉庵琴谱》（清秦淮瀚辑，1868年刊本）等。很多筝家又曾纷纷将它改编为古筝演奏曲，琵琶曲《梅花三弄》更为传世佳曲。

寒山绿萼，姗姗绿影，三叠落梅。

人们对《梅花三弄》的喜爱，缘于它形象地描摹了自然环境中的梅，清晨含苞欲放，晶莹洁白，幽香阵阵；午时繁华盛开，灿烂芬芳，笑脸迎人，黄昏伴着西斜的夕阳，落英缤纷，如梅开三度，每度韵味则各有不同。

人们对《梅花三弄》的喜爱，更因它传神地显现了梅的气质，梅为花之最清，琴为声之最清，以最清之声写最清之物，凌霜音韵也。颂君子之真，弄清风；君子之情，弄飞雪；君子之操，弄光影。天地之间，任我行。

5. 梅花易数

邵雍是北宋时期最神秘的理学家、诗人，才华横溢，学富五车，与周敦颐、张载、程颢、程颐并称为“北宋五子”。

邵雍，字尧夫，生于范阳（今河北涿州大邵村），幼年随父邵古迁往衡漳（今河南林县康节村）。少年时，邵雍就胸怀大志，刻苦读书，无所不读。据《宋史·邵雍传》记载，邵雍“始为学，即坚苦自励，寒不炉，暑不扇，夜不就席者数年”。苦读多年之后，他开始游历四方，越过黄河、汾河，涉渡淮水、汉水，于齐、鲁、宋、郑等地求学访师，回来后，说“道在是矣”，于是就不再云游。有一位高人李挺之见他好学，就将《河图》《洛书》《伏羲八卦》等易学秘奥传授予他。邵雍如获至宝，他本来根基深厚，又能融会贯通，终于妙悟自得，成为一代易学大师、闻名遐迩的鸿儒。他以独特的宇宙观，观察天地运化、探寻阴阳消长的规律。《宋史》记载，邵雍对于“远而古今世变，微而走飞草木之性情”都能“深造曲畅，通达不惑”，而且“智虑绝人，遇事能前知”。北宋理学的另一位始祖程颐说他“其心虚明，自能知之”。宋仁宗嘉祐年间与宋神宗熙宁初年，邵雍两度被举荐，均称疾不应。

邵雍被誉为堪比鬼谷子的绝世高人，他远离尘世，隐居山林，著书立说，精通易学，行踪神秘，言辞深奥，撰写了《皇极经世》《观物内外篇》等著作共十余万言，还曾写下了十首著名的《梅花诗》，又名《邵雍谶语》，预言他之后千百年的历史。但后世也有人认为那十首诗并非出自他的手笔，而是借了他的名号。这《梅花诗》虽然没有定论，但《梅花易数》却可以肯定是邵雍之作。

这位绝世高人创立了自成一体的先天占卦法、后天占卦法和拆字占卦法，据说能卜算出未知之事，享誉最广的是观梅占法。

说的是有一年冬天，邵雍在自家花园里赏梅，忽见两只麻雀在一树枝上嘈嘈不停，相互啄斗，结果相继坠落在地上。邵雍见状称奇，心想莫非是何预兆？当时正是辰年十二月二十七日申时，于是他据此起卦占之，推算明晚将有一女子来此攀折梅花，并将受伤。次日晚，园中果然来了一位女子，正欲摘梅之时，老园丁闻声赶来，当她是小偷，一阵驱赶之后，那女子奔跑之时摔倒在地，大腿骨折。这件事一传十，十传百，远近的人都来找邵雍问卦。他的方法因观梅占卦而被人得知，人们也就将他的算卦方法称为“观梅数”或“梅花易数”。

《梅花易数》起源于汉易，以易学中的数学为基础，结合易学中的“象学”进行占卜，梅花易数依先天八卦数理，即乾一，兑二，离三，震四，巽五，坎六，艮七，坤八，随时随地皆可起卦，取卦方式多种多样。一、年月日时起卦；二、直接以数起卦；

三、端法后天起卦；四、按声音起卦；五、按字的笔画数或字数起卦；六、丈尺寸起卦；七、起卦加数法；八、物数占；九、为人占；十、自己占；十一、占动物；十二、占静物。邵雍每卦必中，让人称奇。

“数点梅花天地春。欲将剥复问前因。”邵雍的梅花诗，是因为诗中的“数点梅花”而得名，这诗神秘莫测，暗含玄机，一直被人研习琢磨。有人说此诗并非出自邵雍，但更多人关注的则是在诗句中深藏的含义，就像猜谜一样，诗句里究竟蕴含着什么预言，又将会在何时应验？在这个人类精神追求越来越多元的时代，国家、民族、个人之间的竞争以及戒备、恐惧、忧虑也越来越多，难免会对未来产生好奇。梅花诗的作者究竟是谁已经不重要，关键是它能否给人们提供某种答案。

中国现代历史学家钱穆曾评价邵雍说：“中国人中最讲究人生艺术的要推北宋的邵康节。”北大哲学系教授叶朗主编《中国美学通史》，其中谈到邵雍的“快乐哲学”，称邵雍“对生命哲学有着独特的理解与体验”。

《梅花诗》中的第一首诗，也就是诗中的第一个预言，发生在邵雍死后的第五十年，也就是北宋靖康元年（1126年），在人们看来，邵雍成功预言了宋朝靖康之乱的发生及其前因后果。其后的九首，人们仍在不断地考究。

现录于此，或可一读：

明　唐寅《观梅图》

梅花诗

邵雍

其一

荡荡天门万古开。几人归去几人来。
山河虽好非完璧。不信黄金是祸胎。

其二

湖山一梦事全非。再见云龙向北飞。
三百年来终一日。长天碧水叹弥弥。

其三

天地相乘数一原。忽逢甲子又兴元。
年华二八乾坤改。看尽残花总不言。

其四

毕竟英雄起布衣。朱门不是旧皇畿。
飞来燕子寻常事。开到李花春已非。

其五

胡儿骑马走长安。开辟中原海境宽。
洪水乍平洪水起。清光宜向汉中看。

其六

漫天一白汉江秋。憔悴黄花总带愁。
古曜半升箕斗隐。金乌起灭海山头。

其七

云雾苍茫各一天。可怜西北起烽烟。

东来暴客西来盗。还有胡儿在目前。

其八

如棋世事局初残。共济和衷却大难。

豹死犹留皮一袭。最佳秋色在长安。

其九

火龙蛰起燕门秋。原壁应难赵氏收。

一院奇花春有主。连宵风雨不须愁。

其十

数点梅花天地春。欲将剥复问前因。

寰中自有承平日。四海为家孰主宾。

6. 梅有山林之风

人们对梅花的欣赏和品味别具只眼，宋人程棨于《三柳轩杂识》评花时说“余尝评花，以为梅有山林之风，杏有闺门之态，桃如倚门市娼，李如东郭贫女”。

在程棨看来，杏花只是小家碧玉，女儿情态；桃花则艳俗，连一般的伎都达不到，只是靠着门边卖笑的娼女；而李花如东郭贫女，登不上大雅之堂。

只有梅，高风亮节，如山林之间吹拂的风，自由自在，高洁爽朗。还有人称道“梅令人高，兰令人幽，菊令人野，莲令人洁，春梅令人艳，牡丹令人豪，蕉与竹令人韵，松令人逸，桐令人清，柳令人感”，细细品来，不无道理。

或许正如那位神秘的理学家邵雍所追求的境界，“月到天心处，风来水面时，一般清意味，料得少人知”。他和一些高雅之士的人生如此，独立寒冬的梅亦如此，那般“清意味”是一生的修炼，是放弃，也是求索，放弃的是繁华世界的诱惑，求索的是灵魂的归宿和精神的栖息之地。

梅兰竹菊，花中四君子，以梅为首。

多少英雄豪杰品梅，尊梅，以梅的刚毅、圣洁为荣。汉武帝的上林苑便种有“朱梅、胭脂梅”。曹操刘备“青梅煮酒论英雄”，那一段豪气冲天的英雄论唯有青梅相配，刘备闻惊雷而落地的那一盏清酌，是酸甜还是辛辣已不得而知，幸而还有青梅酒流传至今。

中国自古以来品梅、赏梅，不是只看花朵大小、颜色深浅，更要辨其香味，而色、香、姿、韵均具备者，唯有梅花，堪称花之全才。更何况，梅不仅可以观赏，还可以入食入药，泡茶泡酒，梅花可消暑，梅果更生津。那位自称林逋之七世孙的林洪所著《山家清供》中就曾有记载，诗人杨万里曾吃过蜜渍梅花，还留下诗曰：“瓮澄雪水酿春寒，蜜点梅花带露餐。”有了梅花的食物更添许多雅趣，梅花汤饼、梅花馔、梅花粥……都是令人喜爱的食物。

青青梅子雨中肥，《诗经》既以摽梅来形容女子思嫁之心，梅果因而成为女子待嫁的标志。李白的《长干行》中也有“郎骑竹马来，绕床弄青梅”的诗句，“青梅竹马”由此成为美妙的典故。

寒水一瓶春数枝。中国民间品梅赏梅早已融入日常生活之中，尤其春节来临，人们更是充满了对梅花的期盼。都道人有五福，梅花恰是花开五福的吉祥之意，花期又恰在春节前后，因此对梅花的喜爱深植于中华民族血脉之中。汪曾祺先生在他的《岁朝清供》里写道，他看过一幅旧画，一间茅屋，一位老者手捧瓦罐，内插一枝梅花，题为“山家除夕无他事，插上梅花便过年”。在民间，这年节插花便称作岁朝清供，即便是粗茶淡饭，但有梅花供奉天地，也算是尽了礼数，可安心过年了。

鲁迅对梅花又别有一番深刻见解，他曾刻过一枚石印“只有梅花是知己”，可以想见梅花在这位风骨峥峥的新文化运动的旗手心中的地位。他少年之时便手抄过《二树山人写梅歌》，在三味书屋里，少年鲁迅与梅树情愫相通，品性相应。年长之后他锁眉眺望世界，曾感慨又充满希冀地说：“中国真同梅树一样，看它衰老腐朽到不成一个样子，一忽儿挺生一两条新梢，又回复到繁花密缀，绿叶葱茏的景象了。”

的确，中华文明多少次濒临危难，又屡屡涅槃重生，中华民族的顽强和坚韧，与梅花气质暗合，梅文化也因此绵延不断。

第三章

咏梅

1. 聊赠一枝春

一位骑马南征的将军长途跋涉，不久就要面临刀剑相对的厮杀，对故乡和亲友的思念之情在心里化作一缕缕感伤。而南方的春意这时已渐浓，就在他们翻越一座大山之际，眼前突然出现一片梅林，枝横斜伸，花香十里。满腹思念之情的将军不由伸手折下一枝俏丽的梅花，恰好碰到来往于途中的驿使，正好寄给北方的友人，并吟诗一首。

于是有了那首《赠范晔诗》。《太平御览》卷九百七十引《荆州记》（南朝宋盛弘之撰）曰："陆凯与范晔相善，自江南寄梅花一枝，诣长安与晔，并赠花诗：'折花逢驿使，寄与陇头人。江南无所有，聊赠一枝春。'"

陆凯或许未曾想到，因为这枝折下的梅，中国的咏梅文学竟由此兴盛起来。从梅子的酸甜，到梅花的春意，从味觉到心灵的寄托，梅花的品质自此开始传递。虽然，在此之前也曾有过咏梅，但都不如"一枝春"打动人心。

那曾经的折梅处，也被后人当作了观光留连之处。据《直隶南雄州志》载，南雄城南有寄梅驿，即取折梅逢驿使诗语。不知修于何年，但宋绍兴知州李岐曾重修，清道光知州戴锡纶专作《寄梅驿》一诗：“一枝春可当人情，投赠南州艳此清。妙是不登供帐例，香风千古被征行。”

折梅人陆凯，相传是三国时人。《三国志·吴书·潘濬陆凯传》载：“陆凯，字敬风，吴郡吴人也。丞相逊族子也。黄武初为永兴诸暨长，所在有治迹，拜建武都尉，领兵。虽统军众，手不释书。……赤乌中，除儋耳太守，讨珠崖，斩获有功，迁为建武校尉。”又《三国志·吴书·吴主传》载：“赤乌四年秋七月，遣将军聂友、校尉陆凯以兵三万讨珠崖儋耳。”从这些记载中，可以想象这位出身名门、能文能武的年轻将官率兵南征时的情景，他在戎马倥偬中登上梅岭，正值岭梅怒放，他侠骨柔情，折梅赠友，沉吟中挽马回望，诗句自心中流淌而出。

好一副儒将风范。

收到那枝梅的范晔，则为南北朝刘宋时的史学家，曾编写《后汉书》，陆凯应是与他心心相印的知音。否则，不会从遥远的南方，单单寄一枝梅去。若是俗人，见了这梅，岂不是笑掉大牙？既不能吃又不能喝，要它何用？但时在长安的范晔接到那枝梅后，却又惊又喜，感动不已。要知道这是好友去往凶险的征途上摘得的，这枝梅经历了一个个驿站，从一个个驿使手中接递，但仍然那样洁净馨香，无声地诉说着友人在生死难卜之际，仍深深眷恋着他们之间的情谊。世上还有什么礼物比这份真情更珍贵呢？

又有一说，编写《后汉书》的范晔距三国时期近二百年，与这陆凯怎么能是好友呢？因此推断是三国时另一个范晔，或者陆凯不是三国时的陆凯，而是南北朝刘宋时的另一个陆凯。

其实不论他们是谁，也不论他们曾生活于哪个朝代，那南方的一枝梅的确是被折下，并寄往了北方的友人。而这首关于梅花的小诗在人们心中荡起的一圈圈涟漪再也没有消散。虽然千年已过，反倒使人更加想象无限，那北方的好友牵动了折梅人的思绪，也牵动了一代代读诗人的衷肠。真挚深长的友情，简洁明朗的一枝梅花，胜过了万千金银珠宝。自此，“一枝春”就成为梅花及赠别的代称。

唐宋以降历代诗人都有类似的吟咏，后来连唱曲的词牌也取了“一枝春”的曲名。《武林旧事》就曾记有一段故事：“除夕，小儿女终夕嬉戏不寐，谓之守岁，守岁之词虽多，极难其选，独杨守齐《一枝春》最为近世所称。”

在这首短诗问世之前，也有人写过咏梅的诗，如留于后世的乐府诗《梅花落》，是鲍照专为宋文帝所作。“中庭杂树多，偏为梅咨嗟。”眼前有许多的树木，但诗人却只对梅花赞许感叹。为何如此？是因为它能在寒霜中开花，在寒露中结果。而其他树木在春风中摇荡，在春日里妩媚，过了秋天，树叶却纷纷随风飘落，没有抗寒霜的本事。此诗以有华无质的杂树衬托梅花不畏寒露的品质，对比鲜明，托物言志，表明自己不愿随波逐流，但也流露出一丝怨艾。鲍照家境贫寒，所以宦途上饱受压抑，他痛恨门阀士族制度，

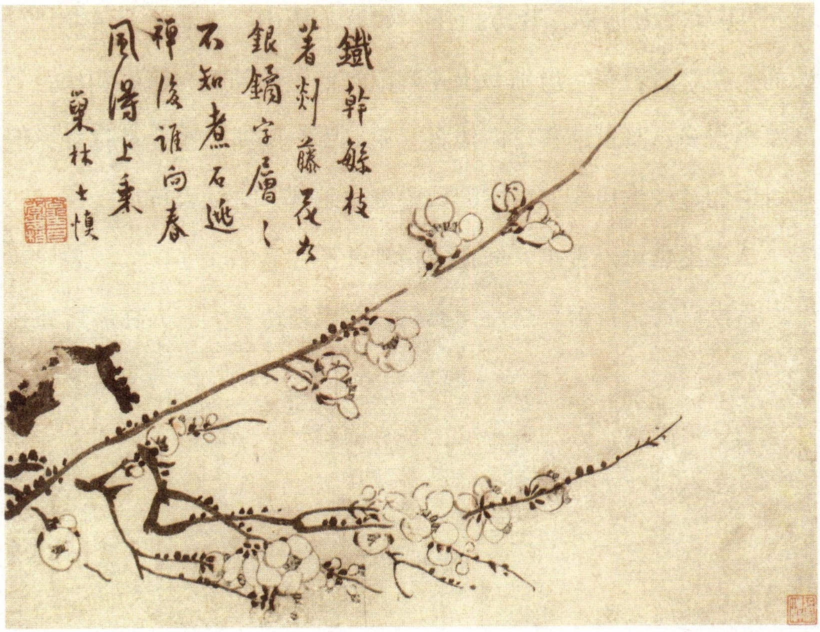

清　汪士慎《春风上乘图》

对当时刘宋王朝的统治多为不满，许多诗作里都倾诉了寒士被压抑的义愤和对高门世族垄断政权的怨恨。

鲍照本为南朝宋有名的文学家，一生沉沦下僚，但他的诗文在生前就已获盛名，对唐代的李白、高适、岑参等人都有一定的影响，并与谢灵运、颜延之合称“元嘉三大家”。后人陆时雍评价他说：“明远才力标举，凌厉当年；如五丁凿山，开世人所未有！”然而，在笔者看来，虽然写出《赠范晔诗》的陆凯与鲍照相比，名气要小得多，甚至这首诗的作者究竟是哪个陆凯，至今都存疑，但他诗中的这枝梅比鲍照诗中的梅要健康乐观，更受人待见。

从这里也可以看出，梅花之精神并不在哀怨。

后世以“一枝梅”这诗为典故，写出新诗者大有人在。比如：

旧雨不来，风流云散，惟有长相忆。雁书休寄，寸心分付梅驿。

——〔宋〕张炎《壶中天·怀霄·友》

欲问江南近消息，喜君贻我一枝春。

——〔宋〕黄庭坚《刘邦直送早梅水仙花四首》

寻驿使，寄芳容，垅头休放马蹄松。

——〔宋〕辛弃疾《鹧鸪天》

折花当驿路，寄与陇头人。

——〔唐〕张祜《杂曲歌辞·穆护砂》

明朝望乡处，应见陇头梅。

——〔唐〕宋之问《题大庾岭北驿》

故人应在千山外，不寄梅花远信来。

——〔宋〕苏轼《虔州入境图八首》其三

记前度翦灯一笑，再相逢，知在那人家。空山远，白云休赠，只赠梅花。

——〔宋〕张炎《甘州》

驿寄梅花，鱼传尺素，砌成此恨无重数。

——〔宋〕秦观《踏莎行》

纷纷自向江城落，杳杳难随驿使来。

——〔宋〕王安石《次韵宋次道忆太平早梅》

隙月知无梦，窗梅寄断魂。

——〔宋〕范成大《元夜忆群从》

但可怜处，无奈苒苒魂惊，采香南浦，剪梅烟驿。

——〔宋〕史达祖《秋霁》

楚驿梅边，吴江枫畔，庾郎从此愁多。

——〔宋〕张枢《庆宫春》

远寄一枝随驿使，欲分芳种恨无因。

——〔宋〕曾巩《以白山茶寄吴仲庶见贶佳篇依韵和酬》

春梢惯识宫妆样，花信偏随驿使回。

——〔宋〕张元干《奉简才元探梅有作兼怀旧游》

不待岭梅传远信，剪刀先放彩花开。

——〔宋〕欧阳修《春日词五首》

小梅风韵最妖娆，开处雪初消。南枝欲附春信，长恨陇人遥。

——〔宋〕晏几道《诉衷情》

年华晚，烟水正深，难折梅花寄寒驿。

——〔元〕邵亨贞《兰陵王　岁晚忆王彦强而作》

历朝历代的文人，几乎都舍不得绕开这“一枝梅”，这一典故的运用，实在是多不胜数，难以枚举……白云苍狗，千年已逝，而这首梅花小诗所散发的艺术魅力日久弥真。

2. 随风远渡

那一年，都城建康被叛军所破，梁武帝萧衍被打进大牢，活活饿死。他的几个儿子四分五裂，那位平日只喜欢吟诗作赋的皇太子萧纲作为傀儡，被推上了皇位，这并非他的心愿，而且，对逼死父皇又将他逼上皇位的叛军，他充满了憎恨。

他陷入了巨大的悲伤和无奈的痛苦之中。

他从小就是一个天才，五岁能写诗，六岁能作赋，七岁那年，更是有了“诗癖”。七岁离宫，到了自己的封地后，他的聪颖和才华吸引了一个个已大有名气的文人，他们聚集在他所居住的宫殿里，跟他一起论诗作文，逍遥自在。

他是父皇的第三个儿子，本没有想到能继承皇位，但在他二十八岁那年，哥哥昭明太子萧统却死了，他被立为太子，从封地回到了宫里。然而，他心里只念着诗歌，聚集在他身旁的文人幕僚，也不谈国事，只谈风月，他们在一起创造了“宫体诗”，一种专门描写宫廷生活，描写男女之情的诗体。

然而萧纲毕竟还是太子，他虽喜欢逍遥，但大臣侯景叛乱，兵临城下，作为太子，他不得不领兵抵抗，可手下全是文人，他的兄弟们也无一人救援。而让他更加屈辱的是国破、父亡之后，他却被叛军推上了皇位。这时候，求死不得，只有苟且偷生。

好在，陪伴他的还有诗词歌赋。但这样的时光并不长久，皇帝刚当了一年多，叛军首领侯景完全控制天下之后，即派遣军士入殿，将他废黜为晋安王，还假造了一份皇帝诏令，说皇位不应归处于次要地位的支庶，应该归于正嫡，应禅位于豫章王萧栋。这份诏书被送到萧纲面前，逼着他抄写。史载，当这位在刀剑相逼之下的皇帝写到“先皇关心着帝位的重大，考虑到社稷的巩固，越升可以不拘次序，于是应以东方为主”时，哽咽不能自已，就连贼军中也有人跟着忍不住流下了眼泪。

南梁朝是一个文人汇聚宫廷的时代，每一代皇帝都喜好诗文：萧衍、萧纲、萧绎，从才气上似乎堪比曹操、曹丕、曹植，但气魄却远远不如。这位一生坎坷的皇帝萧纲写过一篇《梅花赋》，可谓是“宫体诗”的代表作，文字绮丽，铺张隆盛，自有皇家之气派，但贵气之下却藏有肃冷的阴寒，那一句“春风吹梅长落尽”，将心中的担忧和疑惧全然流露，可以看出萧纲虽身为皇帝，却对自己无法掌控的命运怯懦不已，也借花色道出不祥之感。

层城之宫，灵苑之中。奇木万品，庶草千丛。光分影杂，条繁干通。寒圭变节，冬灰徙筩，并皆枯悴，色落摧风。年归气新，摇云动尘。梅花特早，偏能识春，或承阳

明　王谦《墨梅图》

而发金，乍杂雪而被银。吐艳四照之林，舒荣五衢之路，既玉缀而珠离，且冰悬而雹布。叶嫩出而未成，枝抽心而插故。摽半落而飞空，香随风而远度。挂靡靡之游丝，杂霏霏之晨雾。争楼上之落粉，夺机中之织素。乍开花而傍巘，或含影而临池。向玉阶而结彩，拂网户而低枝。于是重闺佳丽，貌婉心娴，怜早花之惊节，讶春光之遣寒。夹衣始薄，罗袖初单，折此芳花，举兹轻袖，或插鬓而问人，或残枝而相授。恨鬟前之大空，嫌金钿之转旧。顾影丹墀，弄此娇姿，洞开春牖，四卷罗帷。春风吹梅长落尽，贱妾为此敛娥眉。花色持相比，恒愁恐失时。

——［南梁］萧纲《梅花赋》

萧纲作为皇帝实在是窝囊，但他的《梅花赋》却因独到的文采而流传至今，倒也是“摽半落而飞空，香随风而远度”。后人追随此赋，填写梅花赋者不计其数。

3. 借问梅花何处落

唐宋时，人们爱听笛曲，《梅花落》便是于宫廷和民间广为流传的曲子。这首曲子本是汉乐府二十八横吹曲之一，是古代笛曲的名作，代代相传。

李白《黄鹤楼闻笛》一诗“黄鹤楼中吹玉笛，江城五月落梅花”中的“落梅花”指的就是乐曲《梅花落》，高适的《塞上听吹笛》一诗中“借问梅花何处落？风吹一夜满关山”中“梅花”也是指乐曲《梅花落》。除此以外，诗人们还写道：“泛菊杯深，吹梅角远”（刘过《柳梢青》），“染柳烟浓，吹梅笛怨”（李清照《永遇乐》词）。诗人们又常用“梅花落”写意，各抒情怀，但又都自然地带有这首古笛曲的清雅幽远。

《梅花落》一曲相传为西汉李延年所作，别名《落梅》《落梅花》《大梅花》《小梅花》等。这位汉武帝时的宫廷音乐家为中山（今河北定县一带）人，父母兄弟姐妹均通音乐，都是以乐舞为职业的艺人。李延年少年时不知犯了什么罪而被处以腐刑，后来作为太监在宫内养犬。但他“性知音，善歌舞”，还能作曲，渐渐受到武帝的赏识。他将张骞从西域带回的《摩诃兜勒》一曲，改编为二十八首“鼓吹新声”，用作汉乐府仪仗之乐。这是中国历史文献中最早明确标有作者姓名及乐曲曲名，并用外来音乐进行加工创作的音乐。

曾经遭遇不幸的李延年，对汉代音乐风格的形成及中国音乐的发展，立下了大功。据《乐府题解》里记载，横吹曲《梅花落》自魏晋以后极为风行，从南北朝时期至唐代，在市井流传更广，不仅以音乐形式流传，而且对文学也产生了很大的影响，出现了“落梅芳树，共体千篇”的盛况。

南北朝《乐府诗集》里收有江总的《梅花落》三首，其一：“缥色动风香，罗生枝已长。妖姬坠马髻，未插江南珰。转袖花纷落，春衣共有芳。羞作秋胡妇，独采城南桑。”

江总为南朝陈大臣，济阳郡考城（今河南商丘）人，十八岁时开始当官，后任宰相，却不理政务，只是每天和陈后主在后宫饮酒作乐，直至陈朝灭亡。他的诗描写了竹叶青酒，戴着红花和江南耳饰、梳着坠马髻的妖艳侍女，还描写了在万株梅花之间起舞的歌姬。“满酌金卮催玉柱，落梅树下宜歌舞。”金铙奏乐，琴瑟相谐，金卮畅饮，仕宦文人游宴，并肩欢笑。天子朝臣朝歌夜舞，醉生梦死，难怪后来家国破、山河碎，那些曾经的欢笑再也不复存在，只有“横笛短箫凄复切，谁知柏梁声不绝”。

南朝梁简文帝萧纲常与一帮文人往来，其中有一位名叫徐陵，八岁能文，十二岁通《庄子》《老子》，博涉史籍，梁武帝萧衍时期便任东宫学士，常出入禁闼，为当时宫体诗人，与庾信齐名，并称“徐庾”。他们都是萧纲的文中密友，共同进行宫体诗创作，诗文皆以轻靡绮艳见称。他所作的一首《梅花落》五言古诗，含蓄委婉，描画出了一位独守空闺、自怨自怜的倡家女子，徘徊啼看，其动作情态活灵活现，闺怨之情、嗔怨之意跃然纸上，后人多有效仿。

对户一株梅，新花落故栽。
燕拾还莲井，风吹上镜台。
倡家怨思妾，楼上独徘徊。
啼看竹叶锦，簪罢未成裁。

南北朝还有一位擅长五言诗的张正见，是清河东武城人。幼好学，有清才，梁简文在东宫，正见年十三，献颂。简文甚赞赏之。尝预讲筵，请决疑义，吐纳和顺，进退详雅。四座咸为瞩目，可谓少有的才子。他也作了一首《梅花落》：“芳树映红野，发早觉寒侵。落远香风急，飞多花迳深。周人叹初摽，魏帝指前林。边城少灌木，折此自悲吟。”他写到自己踏在开满红花的田野上，寒意尚浓，但风里透着一阵阵梅花香气，径直飞向远方。又想当年周朝人曾叹惜这刚落的梅花，魏武帝曹操鞭指前林，望梅止渴，而如今边城的树木却渐渐少了，于是他不禁折一枝暗自怅惘。

唐代诗人中以“梅花落”为题的诗作为数甚多，号称“初唐四杰”的王勃、杨炯、卢照邻、骆宾王，就有两位写过。

“窗外一株梅，寒花五出开。影随朝日远，香逐便风来。泣对铜钩障，愁看玉镜台。行人断消息，春恨几裴回。”这首《梅花落》便是才华过人的杨炯所写。他出生于陕西，十岁举神童，待制弘文馆，二十七岁应制举及第，补校书郎，迁太子詹事司直，恃才傲物，因讥刺朝士的矫饰作风而遭人忌恨，武后时遭谗被贬为梓州司法参军。曾任教于洛阳宫中习艺馆，出任婺州盈川县令，死于任所，故亦称“杨盈川”。他擅长五律，写过许多边塞诗，他的《梅花落》写出了妻子对征战在外的丈夫浓烈的思念。边关战争长久，丈夫没有了音讯，怎能不让人愁绪万端，由怨而“恨”，只恨时光倏忽而去，梅花几度开落，那人仍无踪影。

与他齐名的卢照邻所写的五言古诗《梅花落》也是由近及远，由眼前的梅花联想到遥远的边塞和严寒之中的征人：“梅岭花初发，天山雪未开。雪处疑花满，花边似雪回。因风入舞袖，杂粉向妆台。匈奴几万里，春至不知来。”此处花似雪，彼处雪似花，征人远在万里之外，春天到了也不知归来。卢照邻在梅花和雪花的形态颜色相似上生发开来，于深长的想象和情意之中将两个不同的世界连接在一起。

唐代开元年间有一位洛阳诗人刘方平，一生隐居不仕，多有咏物写景之诗作，尤擅绝句，《全唐诗》存其诗一卷。他的一首五言古诗《梅花落》，以花喻人，借繁花凋落的景象写征妇的幽怨之情：“新岁芳梅树，繁花四面同。春风吹渐落，一夜几枝空。少妇

明 陆复《腊梅图》

今如此，长城恨不穷。莫将辽海雪，来比后庭中。”一开头描写了香浓花腴的灿烂美景，但春风几吹之后繁花便纷纷落去，一夜之间花枝凋零。少妇由自家后院里的花开花落，而联想到时光易逝、盛年不再，叹惜这大好时光不能与自己的夫君共度。而眼前这满院的落梅好似皑皑白雪，让幽妇人再次想到辽海的雪野和戍守在那里的丈夫，无限的愁绪涌上了心头。后人在评价这首诗时说：“似徐庾小诗，不落后人咏梅坑堑。”（《唐诗别裁》卷十一）它是咏物诗，又是闺情诗，体现了一定的时代背景，含蕴婉约、耐人寻味。

清代诗人纳兰性德的诗词是清代文学的代表，他的诗以“真”取胜，写景逼真传神，词风清丽婉约、哀感顽艳、格高韵远、独具特色。他也写过一首五言律诗《梅花落》：“春色凤城来，寒梅逼岁开。条风初入树，缥雪渐侵苔。粉逐莺衣散，香黏蝶翅回。陇头人未返，急管莫频催。”“陇头人”一说，也借用了陆凯“聊赠一枝梅”的典故，这里用得十分贴切。

代代《梅花落》，从宫廷到民间，可以看到梅树枝头花开花落，从繁花似锦，到香随风去，多有哀怨惆怅。这也是古来咏梅之涓涓细流，但咏梅风景绝不仅限于此，另有高山大川、激波湍流，吾且一一道来。

4. 别种几株梅

为了写这本“梅花传”——我在心里一直以为是在为梅花君写传，我重读了好些书，又新购了好些书，家里的收藏却似乎远远不够，又不断从网上买。虽然是在疫情肆虐期间，但网上购买仍可以进行，足不出户就能等到心仪的书进入家门。正所谓学然后知不足，从古至今，咏梅的作品浩如烟海，我就像一个划着小舟的打鱼人进入大海之中，满眼都是鱼飞虾跳，东边一网西边一网，简直不知从何处下手才好。眼见那边鱼儿肥美，赶紧摇船过去，又发现远处还有更大的惊喜。

再说初唐时节，有一个自幼被人称为“神童仙子”的王绩，性格放荡不羁，曾三仕三隐，因嗜酒如命，又被时人称为“斗酒学士”。他隐居家乡时，依照一个酒友焦革的酿酒法，又学了杜康、仪狄等人的技艺，一边酿制美酒，一边编撰出《酒经》《酒谱》《醉乡记》等。王绩饮酒五斗也不醉，若有人以酒相邀，无论地位高低，他总是欣然前往，自作《五斗先生传》。他嗜酒如命，又才情过人，笔下的山水田园诗朴素自然，意境浑厚，后人评价：“以

真率疏浅之格，入初唐诸家中，如鸾凤群飞，忽逢野鹿，正是不可多得也。”（清·翁方纲《石洲诗话》卷一）

他写的梅花诗《在京思故园见乡人问》，是一首亲情浓郁的诗，他在长安为官之时，偶见故乡来人，忍不住仔细询问，从朋旧童孩、宗族弟侄，问到故园之果，意犹未尽，让读者也忍不住一读再读，一品再品。

旅泊多年岁，老去不知回。
忽逢门前客，道发故乡来。
敛眉俱握手，破涕共衔杯。
殷勤访朋旧，屈曲问童孩。
衰宗多弟侄，若个赏池台？
旧园今在否？新树也应栽。
柳行疏密布，茅斋宽窄裁。
经移何处竹，别种几株梅？
渠当无绝水，石计总生苔。
院果谁先熟，林花那后开？
羁心只欲问，为报不须猜。
行当驱下泽，去剪故园莱。

这首诗质朴平淡，意境隽永，一连串殷切发问，借用了先秦以及秦汉诗歌的表述，如《诗经》的《行露》十五句中连用了九个

清　弘仁《墨梅图》

问句，语气叠进，情感也不断递进。诗人心中的悲与喜、惆怅与激动跃然而出，却毫无雕砌之嫌，一扫初唐诗坛的迤逦浮华，近而不浅，质而不俗，真率疏放，有旷怀高志，直追魏晋高风。之后，王维的《杂诗》“君自故乡来，应知故乡事，来日绮窗前，寒梅著花未”深得人们的喜爱，但显然也是受王绩这首《在京思故园见乡人问》的影响。王绩被后世公认为是五言律诗的奠基人，刘禹锡在《王质神道碑》里曾评价他“文章高逸，传乎人间”，他的梅花诗即是印证。

有一位唐代诗人卢僎的《十月梅花书赠》打动了我，前几句便是：“君不见巴乡气候与华别，年年十月梅花发。上苑今应雪作花，宁知此地花为雪。自从迁播落黔巴，三见江上开新花。”诗中写到的巴乡和江上，正是我的家乡大巴山和长江三峡一带，读来十分亲切，立刻将我带入那一片片梅花俏丽的山野之间。

梅花在我国的分布甚广，南方居多，三峡两岸时常可见一株株野生的古梅，也不知她们生于何年。悬崖边，古道旁，她们默然相守，与山水融为一体，让人浑然不觉，甚至当我们从树下经过时，也大半未曾留意。可那幽香，却长久留在了心底，伴随我从南到北，几十年来未曾淡去。

这卢僎为相州临漳人，也就是现在的安阳，他做过官，显然去过三峡，故而在他的诗里描绘了峡江的景色、楼前的梅花，以此表达他对故乡的思念。

故园风花虚洛汭，穷峡凝云度岁华。花情纵似河阳好，客心倍伤边候早。春候飒惊楼上梅，霜威未落江潭草。江水侵天去不还，楼花覆帘空坐攀，一向花前看白发，几回梦里忆红颜。红颜白发云泥改，何异桑田移碧海。却想华年故国时，唯余一片空心在。空心吊影向谁陈，云台仙阁旧游人。倘知巴树连冬发，应怜南国气长春。

——《十月梅花书赠》

他乡总难比故乡，卢僎对着江边的花树，遥想故园，夹叙夹议，感时序、伤播迁、思故乡，抒发人生无常、世事变迁之感。这种感遇咏怀之情的寄托，拓宽了梅花抒情写意的空间，是梅花审美感受的一次升华。

卢僎的诗今存十四首（见《全唐诗》），这首《十月梅花书赠》应当最令人喜爱。

5. 此时对雪遥相忆

诗仙李白和诗圣杜甫，这两位的诗写透了中国古人的气质，正如韩愈所言："李杜文章在，光焰万丈长。"梅花这一中国文化的象征当然也少不了他们的吟诵。

李白咏梅的诗虽然不多，但往往只是惊鸿一瞥，便让后人赞绝不已。"寒雪梅中尽，春风柳上归。"仅出现在《宫中行乐词》里的这两句，就一扫千军，寒梅尽，春柳归，历经冰霜，欣然迎来人间春色，好不得意扬扬。

相比之下，杜甫的咏梅诗比李白要多很多，如鲁迅所说："我总觉得陶潜站得稍稍远一点，李白站得稍稍高一点，这也是时代使然。杜甫似乎不是古人，就好像今天还活在我们堆里似的。"（刘大杰《鲁迅谈古典文学》）他的诗朴实自然，叙述着冬去春来的时光、离情别绪、故园乡愁，后来的读者即便没有活在他那个年月，也尝到了他经历的所有滋味。

他在写那首《江梅》时，刚从战乱中逃脱，蜗居在长江三峡的夔州，这段日子里虽然暂得安宁，但生活拮据，只得在友人的接济下勉强度日。可以想见，他凝望江边的梅花时，心里的感受多么复杂。国事未平，生灵涂炭，而自己也是有家难回。

梅蕊腊前破，梅花年后多。
绝知春意好，最奈客愁何。
雪树元同色，江风亦自波。
故园不可见，巫岫郁嵯峨。
——《江梅》

他一定是每天都会到江边来观望的，城楼的石阶下就是东去的滔滔江水，江畔的梅花每日都有悄悄冒出的新蕾，于是他知道腊月前，梅蕊就绽开了，而到了年后，一片一片地次第开放，那浓浓的春意啊，怎不让人叫好呢？但杜甫的心里却有着别样的伤感，此地春色再好，也无法让他忘记远方的故园啊，风浪逐起的大江，掀起一层层波澜，他无法看见山水阻隔的故乡，眼前的只有这巫山夔门，高耸在天地之间。

杜甫一生写过很多梅花诗，也写过很多思乡的诗。

他自少年时便离开家乡河南巩县，四处游历，怀着“致君尧舜上，再使风俗淳”的抱负，在游历吴越、齐赵之时，写下“会当凌绝顶，一览众山小”的诗句，显露出其少年时代不平凡的眼光。然而他并未得到重用，赴洛阳应举不第，三十五岁以后在长安应试，又再次落第，后来不得不转走权贵之门，客居长安十年，奔走献赋，投赠干谒，郁郁不得志，倒是因此目睹了唐朝上层社会的奢靡，感受到了潜在的社会危机。

诗圣与诗仙有过几次难得的相遇，天宝三载（744年）四月，杜甫在洛阳与比他年长十一岁的李白相识，李白此时已名扬天下，但并没在杜甫面前倨傲，反倒被风华正茂的杜甫吸引，两人相谈甚欢，意犹未尽，并约好了下次的见面。同年秋天，他们果然如约同游了梁、宋（今河南开封、商丘一带），抒怀畅饮，评古论今。第二年秋，杜甫在兖州又与李白相会，短短一年间，两次相约，三次会面，互为知音。那年，两人在兖州相伴至冬天才相互告别，分手时依依不舍，互赠诗篇，杜甫写下："余亦东蒙客，怜君如弟兄。醉眠秋共被，携手日同行。"李白赠他："秋波落泗水，海色明徂徕。飞蓬各自远，且尽手中杯！"

诗圣、诗仙各不同，一个诚挚恳切，一个豪迈潇洒。他们就如银河间两颗星辰，在各自的轨道里发出璀璨的光芒。自此一别，两人再也没有相逢，但在极为重情重义的杜甫心里，一定是终生难忘的。就如他的家乡，无时不在他的梦中。

杜甫的咏梅诗里，含有他一生的坎坷悲凉。年轻时的屡试不第，常年的客居，让他体察到了布衣寒士的苦楚。那年恰逢唐玄宗将举行祭祀太清宫、太庙和天地的三大盛典，杜甫预献了《大礼赋》，终于得到玄宗的赏识，命待制在集贤院。但仅得"参列选序"资格，等候分配，后来才被授予"河西尉"这个小小的官职。此官干的竟是一些催逼百姓曲意逢迎之事。"不做河西尉，凄凉为折腰”，杜甫是决然不会接受的，后来朝廷改命他为右卫率府兵曹参军——一个低阶官职，只是负责看守兵甲器杖，管理门禁锁钥。这时，杜甫已经四十四岁了，他不能再在长安无望地困守下去，不得不为生计接受了这个低微的职务。同年十一月，杜甫从长安去奉先（今陕西省蒲城县）省家，刚踏进家门就心惊胆战地听到了凄惨的哭泣声，小儿子竟然就在他归来前夕活活地饿死了。

苍天一定知晓他的悲怆，因此任他才情横溢，将在长安十年的感受和归途的见闻，写成著名的《自京赴奉先县咏怀五百字》。他说：“穷年忧黎元，叹息肠内热。”又道：“朱门酒肉臭，路有冻死骨。荣枯咫尺异，惆怅难再述。”他经历了安史之乱，被叛军所俘，又冒险投奔皇帝，被起用而又遭贬，“满目悲生事，因人作远游”。他将战乱给百姓带来的无穷灾难和人民忍辱负重参军参战的爱国行为，写成了不朽的史诗——“三吏”（《新安吏》《石壕吏》《潼关吏》）和“三别”（《新婚别》《垂老别》《无家别》）。

这年立秋后，杜甫因对污浊的时政痛心疾首，放弃了华州司功参军这个小小的官职，几经辗转，来到了成都，继而又往夔州。

夔州即现在的重庆奉节，地处长江三峡，杜甫得以在此暂住，为官家代管东屯公田一百顷，自己也租了一些田，买了几十亩果园，雇了几个农工，自己和家人也亲自种菜，打理果园。看似自在，但实际上也是寄人篱下，常为饥寒所忧。杜甫在夔州居住了近两年，写了四百三十五首诗，几乎是每日一首，广为人知的诗句有“厚禄故人书断绝，恒饥稚子色凄凉”“痴儿未知父子礼，叫怒索饭啼门东”。年幼尚不懂事的孩子不知道尊重父亲，不知夫子礼，饿了就吵着要饭吃，在东门外号哭。秋风暴雨之中，杜甫的茅屋破败，饥儿老妻，彻夜难眠。

他悲天悯人，心系天下，细致地写到三峡一带的盐业、船行、农家，对三峡男子和妇人的辛劳多有体恤。由于连年战乱，男丁减少，杜甫在《负薪行》里写到许多女子“四十五十无夫家”，她们每天上山砍柴负薪归来，“面妆首饰杂啼痕”“地褊衣寒困石根”，熬更守夜，挣扎度日。有人嘲讽夔州一带女子长得粗丑，连丈夫都找不到，杜甫质问道：“若道巫山女粗丑，何得此有昭君村？”在《最能行》里，杜甫又向鄙视三峡男子的人反问：“若道土无英俊才，何得山有屈原宅？”每读到此，出生于三峡的我，不禁对诗圣好生感激，他对三峡一带的情感如此深厚，如此温暖。

他的邻居是一位贫困的妇人，常怀着畏惧之心偷着去打杜甫房前枣树上的枣子，杜甫明知此事但从不惊动她。他后来搬走后，那房子由忠州来的一个叫吴南卿的人居住。吴南卿为了防备那穷妇人偷东西，特意筑上了一道篱笆。杜甫听说后，赶忙写了《又呈吴郎》，劝告道：“堂前扑枣任西邻，无食无儿一妇人。不为困穷宁有此？只缘恐惧转须亲。即防远客虽多事，便插疏篱却甚真。已诉征求贫到骨，正思戎马泪盈巾。”

将心比心，那孤苦的妇人如果不是万般无奈，又怎会胆战心惊地来打枣？倘若稍有同情之心，又何必插那篱笆？杜甫果真是上悯国难，下痛民穷，而他的诗风沉郁顿挫，真实地记录了唐代由盛转

清　金俊明《梅花》

衰的历史以及各色人等的情态，其中洋溢着敦厚的仁爱之心和忧患意识。

人们将他称作“诗史”，他从来是将自己与周遭的一切融为一体，山河悲他也悲，树木发他也发，他的诗是鲜活的历史，他的命运也是那个时代的缩影。他的咏梅诗中流露出浓浓的乡愁与绵长的友情：

东阁官梅动诗兴，还如何逊在扬州。
此时对雪遥相忆，送客逢春可自由。
幸不折来伤岁暮，若为看去乱乡愁。
江边一树垂垂发，朝夕催人自白头。
——《和裴迪登蜀州东亭送客逢早梅相忆见寄》

裴迪为关中人，早年隐居终南山，与王维交谊很深，晚年入蜀做幕僚，与杜甫频有唱和。裴迪先给杜甫寄了一首题为“登蜀州东亭送客逢早梅”的诗，表达了思念，杜甫真诚作答。他的诗历来沉郁顿挫，格律严谨，穷绝工巧，且感情真挚，符合中国诗歌的“建筑美”。这首咏梅诗在他的诗作中虽不是最佳，但也体现了以上的特点。

三峡一带四季分明，峡谷之中常是云遮雾罩，如一幅幅水墨画，而冬日里飞雪飘飘洒洒，又是另一番美妙的情景。“此时对雪遥相忆，送客逢春可自由。”这时面对满天飞雪，自然会勾起对亲人、好友的思念，何况那梅花怒放，更让人想起朋友不久前寄来的信，那信中也提到开花在岁末春前的早梅。它使人感到岁月无情，老之易至；又让人倍加思乡，渴望与亲人好友的团聚。杜甫此处也用了“折梅”的典故，说幸而你未折梅寄来，否则会越加勾起我岁暮的伤感、思乡的愁绪。他告诉友人，他每日都去的江边，就有一株梅树，他眼见着花朵一层层开着，就不由想到人也会一天天老去。

明代王世贞将此诗称作“古今咏梅第一”（仇兆鳌《杜少陵集详注》卷九引），不无道理。诗歌本以写情为第一要义，咏物诗也需物中见情，而诗圣杜甫的咏梅恰是重在抒情，不在咏物，这首诗感情深挚，语言浅白，“直而实曲，朴而实秀”（清人黄生语），如陈年佳酿，酒不醉人，人自醉也。

可以说，自杜甫开始，对梅花抒情写意的题材明显得以拓宽，他既承继魏晋以来睹梅伤春怨别的抒情，又展现了文人游春探梅、赏物怡情的审美，更是将个人的忧国忧民之情怀置于其间。王冕在《梅先生传》曾说：“甫为一代诗宗，心所赏好，众口翕然，于是（梅）先生之名闻天下。”

自此，文人咏梅之作迭出，中晚唐时期的知名诗人如钱起、张籍、韩愈、柳宗元、白居易、元稹、刘禹锡、李绅、杜牧、李商隐、皮日休、陆龟蒙、韩偓、罗邺、罗隐、唐彦谦、齐己、郑谷等都有咏梅诗，梅花愈加成为文人自主抒情、比兴托意的一个重要意象。

杜甫的诗多有涉梅之处，随遇之景不胜枚举。宋末时，有一叫方回的在《瀛奎律髓》卷中写道：“老杜诗凡有梅字者皆可喜，‘巡檐索共梅花笑，冷蕊疏枝半不禁’。‘索笑’二字遂为千古诗人张本。‘岸容待腊将舒柳，山意冲寒欲放梅。’‘未将梅蕊惊愁眼，要取椒花媚远天。’‘梅花欲开不自觉，棣萼一别永相望。’‘绣衣屡许移家酝，皂盖能防折野梅。’此七言律之及梅者。‘市桥官柳细，江路野梅香。’‘雪岸丛梅发，春泥百草生。’‘雪篱梅可折，风榭柳微舒。’‘绿垂风折笋，红绽雨肥梅。’‘梅花万里外，雪片一冬深。秋风楚竹冷，夜雪巩梅香。’‘去年梅柳意，还欲搅春心。’‘何当防花蕊，欲发照江梅。’此五言律之及梅者，皆响人牙颊。”

杜甫诗中写得最多的花当数梅花，其次为菊花。

除了睹梅感春、借景伤怀外，让人们特别心动的是从杜甫的咏梅诗中感受到的一种春物欣喜的情调。宋人画有《杜甫巡檐索笑图》，“巡檐索笑”表达了人们春兴勃发、恣意游赏的美好向往，成为典故，也成为杜甫咏梅的温厚之特征。

6. 谁令香满座？独使净无尘

“梅将雪共春，彩艳不相因。逐吹能争密，排枝巧妒新。谁令香满座？独使净无尘。”这是唐代韩愈《春雪间早梅》的诗句。

三岁就成了孤儿的韩愈，后来成为唐代著名文学家、思想家、哲学家，“唐宋八大家”之首，世称“韩昌黎”“昌黎先生”。他从小便刻苦读书，无须别人嘉许勉励。抚养他的兄长早年逝去之后，韩愈随寡嫂在困苦与颠沛中度日。他前三次参加科举考试均失败，第四次才终于登进士第。次年，参加吏部的博学宏词科考试，又遭遇失败，之后连续两年参加考试，仍失败。其间他还曾三次给宰相上书，也均未得到回复。又过了几年，韩愈第四次参加吏部考试，通过铨选，才开始崭露头角，被任命为国子监四门博士，后来晋升为监察御史。

之后他多次被起用，但也多次遭贬，曾写出《进学解》，抒发屡次遭贬斥的愤懑之情。他一生起伏跌宕，多次遭遇危难，他任兵部侍郎时，恰逢镇州（今河北正定）兵变，新任成德节度使田弘正被杀害，都知兵马使王廷凑自称留后，并向朝廷索求节钺，即更大的权力。朝廷赦免王廷凑及成德士兵，命韩愈为宣慰使，前往镇州。百官都知此去凶多吉少，很可能性命难保，连元稹都忍不住对人叹惜："韩愈可惜。"皇帝唐穆宗也于心不忍，即命韩愈到成德军边境后，先行观察，不要急于入境，韩愈却毅然只身前往。到镇州后，前来相迎的将士果然拔刀相向，韩愈毫无惧色，厉声相斥，历数安禄山、史思明、吴元济、李师道等人割据叛乱的可耻下场，众人面面相觑，终未敢造次。韩愈完成使命回朝。

他做过兵部侍郎、吏部侍郎、京兆尹兼御史大夫等高官，多有建树，但留给后世的还是他的雄文奇诗。他大力主张继承先秦两汉散文的雄风，摒弃专讲声律对仗而忽略内容的骈体文，他的文章"发言真率，无所畏避"，以气夺人，以理服人，又擅长独创，文体奇崛，别开生面。曾国藩曾说："韩公如神龙万变，无所不可。"韩愈讲究遣词造句，其语言的精妙多为人称道，"业精于勤""佶屈聱牙""同工异曲""俱收并蓄"等成语，都出自他的文章。杜牧将他与杜甫并列，称为"杜诗韩笔"，苏轼则赞他"文起八代之衰"。

他的《春雪间早梅》与他那些独创的诗文一样，富有雄大的气势和令人称奇的意象："……芳意饶呈瑞，寒光助照人。玲珑开已遍，点缀坐来频。那是俱疑似，须知两逼真。荧煌初乱眼，浩荡忽迷神。未许琼华比，从将玉树亲。先期迎献岁，更伴占兹辰。愿得长辉映，轻微敢自珍。"即便是咏梅，也能雄强豪放，气概万千，春雪间玲珑遍开的早梅从荧煌到浩荡，气势非凡，声宏调激，寒光

元　王冕《幽谷先春图》

之中祥瑞辉映，梅的意象因此而豪情万丈。

“谁令香满座？独使净无尘。”这两句出自韩愈笔下的咏梅诗，或可当作昌黎先生自己的写照，梅花因他的书写而生发雄健之气，越发精气饱满。

7. 莫怕长洲桃李妒

或许才高气傲的人都容易遭到妒忌，会使原本看来平坦的大道变得坎坷莫测，生出无端的凶险。但志向高远的人会将这种种妒忌化为动力，或者干脆视而不见，只管走自己的路，也会活出一种风骨。这说来容易，做起来实则很难。

于是，诸多名士都会在诗中不时排遣那种因遭妒忌而产生的烦恼，寻求精神的自由，而梅花是他们诗中常常用到的意象。喜爱赏梅的白居易，字乐天，号香山居士，有“诗魔”“诗王”之称，他笔下的梅花更是超凡脱俗。

白居易官至翰林学士，他聪颖过人，心性高远，所著讽喻之作《秦中吟》十首、《新乐府》五十首，当时的权贵们无不切齿痛恨，他们想尽办法找他的茬儿，连他的母亲之死也成了他们的话柄。据说白居易的母亲因观花坠入井中而死，白居易回乡守孝三年，之后才回到长安为官。因守孝期间写过《新井》《赏花》两首诗，被政敌们利用，以他不避讳“赏花”和“井”这两个与母亲之死有关的字眼，而被扣上“不孝”的罪名。白居易因此被贬为江州司马。

仕途失意让白居易心灰意冷，并自曰“面上灭除忧喜色，胸中消尽是非心”，但在他后来于忠州、杭州任刺史时，仍然恪尽职守，修筑堤坝、修浚六井，解决了数十万亩农田的灌溉问题，他还将治理西湖的办法写作《钱塘湖石记》，刻石置于湖边，家喻户晓。

古时的文人大都喜欢交朋结友，在一块儿吟酒作诗，白居易也常与朋友一起寻梅同饮，作有诗句：“忽惊林下发寒梅，便试花前饮冷杯。”（《和薛秀才寻梅花同饮见赠》）他骑着白马迎来客人，然后一起坐候在铺好的红筵上待看歌舞，心里思忖那梅花能开到几时：“若到岁寒无雨雪，犹应醉得两三回。”

不知人为梅花而醉，平生能有几回？

杭州随处是景，梅花开时，别有一番情致：“伍相庙边繁似雪，孤山园里丽如妆。蹋随游骑心长惜，折赠佳人手亦香。”（《忆杭州梅花，因叙旧游，寄萧协律》）白乐天自称“三年闲闷在余杭，曾为梅花醉几场”，赏花自初开直至花落，而与老友相见，饮着饮着便成狂饮。待到歌伴酒徒散尽，独留已白发苍苍的自己。诗人的心情由喜而悲，又由悲而惆怅伤感。

而白居易始终念念不忘“达则兼济天下”的愿望，虽然多遭人嫉恨，但并未能将他奈何，正如他的咏梅诗：

池边新种七株梅，

欲到花时点检来。
莫怕长洲桃李妒，
今年好为使君开。
——《新栽梅》

人生何不效仿这坦然的梅花，不管遇到多少伤害，不必害怕他人的妒忌，该开放时只管尽情地绽放。

白居易最终成为中唐时期影响最大的诗人，留下传世的诗歌及诗歌理论，他在《与元九书》中写道："故仆志在兼济，行在独善。奉而始终之则为道，言而发明之则为诗。谓之讽喻诗，兼济之志也；谓之闲适诗，独善之义也。"他将自己的诗歌分为讽喻、闲适、感伤、杂律四类，体现出他的兼济、独善之道，还鲜明地提出："文章合为时而著，歌诗合为事而作。"

他重写实、尚通俗，常以直白的诗句寄托讽喻之意，强调诗的功能是惩恶劝善、补察时政、美刺褒贬、炯戒讽喻，反对内容苍白的"宫律高""文字奇"，以及齐梁以来"嘲风月、弄花草"的艳丽诗风。"总而言之，为君、为臣、为民、为物、为事而作，不为文而作也。"（《新乐府序》）

宋人周必大在《二老堂诗话》里评价道："本朝苏文忠公不轻许可，独敬爱乐天，屡形诗篇。盖其文章皆主辞达，而忠厚好施，刚直尽言，与人有情，于物无着，大略相似。谪居黄州，始号东坡，其原必起于乐天忠州之作也。"这段话说的是文豪苏轼从不轻易赞许他人，而对白乐天却是敬爱有加，并且在黄州自号为东坡，也是缘起于白居易在忠州的诗文，可见其敬仰之心。

前有《长恨歌》，后有《琵琶行》，白居易“莫怕长洲桃李妒，今年好为使君开”，为泱泱华夏留下了光芒四射的传世之宝。

8. 梅格

宋代诗人里，最受人喜爱的一定是苏轼。

其父苏洵，即《三字经》里提到的“二十七，始发奋”的“苏老泉”。苏洵发奋虽晚，但是很用功，卓尔不凡，他为儿子们起的名也很不一般。苏轼其名“轼”意为车前的扶手，虽不起眼，驭车之人必须扶稳之后才能驱车前行，此字取其默默无闻却扶危救困、不可或缺之意。

苏轼的豪放洒脱、乐观豁达，使他成为北宋中期的文坛领袖，在诗、词、文、书、画等方面均有令人无比惊叹的成就。他出道便有神仙姿，一生于坎坷之中傲然挺立，即使几次迁谪也不愿屈节从流，始终达观洒脱，正如他对梅的咏叹。他在《定风波·红梅》一诗中首次提到“梅格”一说，将梅从玩赏对象提升到品位格调的象征，可以说开风气之先。

好睡慵开莫厌迟。自怜冰脸不时宜。

偶作小红桃杏色，闲雅，尚余孤瘦雪霜姿。

休把闲心随物态，何事，酒生微晕沁瑶肌。

诗老不知梅格在，吟咏，更看绿叶与青枝。

——《定风波·红梅》

嘉祐元年（1056年），苏洵带着二十一岁的苏轼、十九岁的苏辙，自偏僻的西蜀眉州，沿江东下，于嘉祐二年（1057年）进京参加朝廷的科举考试。当时的主考官是欧阳修，小试官是诗坛宿将梅尧臣，二人正锐意于诗文革新。苏轼应试之作是一篇题目为《刑赏忠厚之至论》的策论，文章写得豪迈清新，让欧阳修赞叹不已，还认为是自己的弟子曾巩所作，作为主考官，为了避嫌，他只给了此文第二，后来才明白竟是出自川蜀一青年。苏轼在文中写道："皋陶为士，将杀人。皋陶曰杀之三，尧曰宥之三。"欧、梅二公叹赏其文，却不知这几句话的出处。及苏轼谒谢，即以此问轼，苏轼却答道："何必知道出处！"

欧阳修听罢又是一惊，不禁为苏轼的豪迈、敢于创新叫好，私下说道："此人可谓善读书、善用书，他日文章必独步天下。"此后，苏轼果然声名大噪，每有新作，立刻就会传遍京师。

苏轼一生的诗词作品浩如烟海，有说2800多首，甚至有说4000首，其中咏梅的诗有42首，词有6首。

天底下，除了玉树临风、豪放多情的苏东坡，想不出还能有何人，将一座湖"搬"到了千里之外，只有这位在大江边吟诵遍千古风流人物，不仅美了杭州西湖，又将一腔男儿志抛洒南越之地的多情才子，如椽神笔再造了一个惠州西湖。

想那杭州西湖，断桥烟雨造化了白娘子与许仙的一段情缘，雷峰塔下，可还有这痴情的白娘子？这传说为西湖笼罩上了一层神秘的色彩，而东坡的一首小诗更是让这西子湖惊艳了众人：“水光潋滟晴方好，山色空蒙雨亦奇，欲把西湖比西子，淡妆浓抹总相宜。”

没有诗，哪有西湖？没有西湖美景，又哪有文人墨客的诗情画意？天下最美的山水，是天公与诗人共同勾勒的。后人说道，苏东坡这是为他心爱的女子所写，那女子跟随他从杭州到惠州，苏东坡也因此将西湖“搬到”了惠州。

那年我曾去到惠州。每次一踏上岭南大地，就会感到林树丰茂，满眼都是浓浓的绿，树是绿的，山是绿的，水也是绿的，或浅或深，真是养眼。去往惠州的一路，眼前更是浓得抹不开的石青、锭蓝、碧绿、淡黄，间插着花儿的开放，纷红骇绿，香气蓊勃。忍不住会想，这一道道绿色帷幕之后，还会有何样的风光呢？那一湖碧水，便是另一番惊喜。

惠州西湖在苎萝村内，当地人有意区别于杭州西湖，便又叫它苎萝西子。湖岸山峰屹立，一座宝塔在余晖映照之下，玲珑奇秀，这塔名为大圣塔，山腰还有一座“六如亭”，是苏东坡为他的爱妾朝云所建。趁着月色清凉，穿过幽香扑鼻的松林，来到六如亭前，只见亭柱上镌有一副楹联：“不合时宜，惟有朝云能识我；独弹古调，每逢暮雨倍思卿”；落款“苏东坡”。何为“六如”？《金刚经》偈语：“如梦、幻、泡、影，如露亦如电。”东坡遵从朝云生前所愿，将她葬于孤山栖禅寺旁，僧人筑亭，四周栽种了一株株梅花。

梅花小径通往亭后一座汉白玉的雕塑，一位古装女子秀发长眉，神情凝重，端然朝着前方，似欲言又止，腰下的裙裾飘然随风，宛若仙子。月光见证这女子的一生。想当初，钱塘小女子王朝云家境清寒，自幼沦落在歌舞班中，但天生丽质，聪颖灵慧，能歌善舞，虽身落烟尘却气质清新洁雅。宋神宗熙宁四年（1071年），苏东坡被贬为杭州通判，前途未卜，不料却碰到一派天然的朝云，才子佳人终成良缘。

有情才是真豪杰，苏东坡一生曾与三位女子情深意厚。先是与结发妻子王弗恩爱有加。王弗嫁到苏家时年方十六，美妙可人，善读诗书，苏东坡视其为良师益友，可惜王弗却早早病去。苏东坡相思入骨，多年后一句“十年生死两茫茫，不思量，自难忘”成为千古绝唱。纵然风云流转，人来人往，有谁推得小轩窗，将一腔绵绵如水的相思再续过往？

第二位女子是王弗的堂妹，苏东坡与她相敬如宾、夫唱妇随，有人道：嫁人要嫁苏东坡。只有东坡最懂得女子的柔情，可惜这第二位夫人也未能陪伴他终老。在杭州西湖遇到王朝云时，苏东坡已是一身衰惫，几度凄凉。不料小女子多才多艺，能吹弹吟唱，煮得一手好茶饭，最难得的是善解人意，能猜中先生的满腹心事，苏东坡不禁大喜过望。

东坡在杭州为官之时，恰逢江浙大旱，饥荒瘟疫横行乡野，他一边上书朝廷恳求减免贡米，广开粮仓施粥济灾，调遣民间良医，为灾民诊治疫病；一边动员民众整修西湖，取湖中所积葑草、淤泥堆筑成堤以沟通南北，广种菱角荷藕以充百姓饥腹。东坡所为利民福祉，西湖堤上遍植芙蓉杨柳，天意垂怜，自此凡春秋佳日，花开如锦，绿绦拂人，惠风和畅，世人争说“苏公堤”。

宋哲宗亲政年间，苏东坡再次被贬，前往“南蛮之地”的惠州。这时他年近花甲，眼看大势已去，再难有起复之望，身边众多的侍儿姬妾都陆续散去，只有朝云不离不弃。小女子追随东坡长途跋涉，翻山越岭到了惠州。

对此东坡深有感慨，曾作一诗：“不似杨枝别乐天，恰如通德伴伶玄。阿奴络秀不同老，天女维摩总解禅。经卷药炉新活计，舞衫歌扇旧因缘。丹成逐我三山去，不作巫阳云雨仙。”此诗有序云：“予家有数妾，四五年间相继辞去，独朝云随予南迁，因读乐天集，戏作此诗。”乐天指的是白居易，当初乐天已年老体衰，深受其宠的美妾樊素溜之大吉，白居易因而有诗句“春随樊子一时归”，诗人遥望春天无情，美人绝迹，真是满心惆怅与无奈啊。

而与樊素同为舞伎出身的王朝云，性情却大相径庭，她独自陪伴东坡，患难与共，忠贞不贰，为他灶上厨下，洗衣浆衫，甘愿做一切事情。东坡在惠州有美丽的朝云照料，又有绿树蓝天、甘甜荔枝相伴，一湖春水不似钱塘，胜似钱塘。

前人曾在此湖修堤筑坝，改造洼地为良田，兴农利渔，百姓收获颇丰，因此将这湖叫作丰湖，但苏东坡文思泉涌，绍圣二年

（1095年）九月写出《江月五首》，大赞良辰佳月下的惠州湖水美景“一更山吐月，玉塔卧微澜”，又在《赠昙秀》一诗中首次将丰湖称作西湖。为了解决西湖两岸的往来问题，苏轼又将杭州经验用于此地，带头“助施犀带”，动员弟妇史氏捐出“黄金钱数千助施”，在西村与西山之间筑堤建桥，用“坚若铁石”的石盐木在堤上建起了西新桥。绍圣三年（1096年）六月，堤桥落成，东坡写诗描述了建造过程，后人也将这堤叫作苏公堤，简称苏堤，与那杭州西湖宛如孪生姐妹。

可叹朝云虽年轻却积劳成疾，先他而去。苏东坡当是痛彻肺腑，他呼道，“唯有朝云能识我”，也唯有苏东坡识得这女子。他知她最爱梅花，也知她性若梅花，所以特为她写了一首《西江月·梅花》：

> 玉骨那愁瘴雾，冰姿自有仙风。
> 海仙时遣探芳丛。倒挂绿毛么凤。
> 素面翻嫌粉涴，洗妆不褪唇红。
> 高情已逐晓云空。不与梨花同梦。

在那古来称作瘴疠之乡的地方，梅花因有冰雪般的肌体、神仙般的风致，而不惧瘴气的侵袭。她的仙姿，引得海上仙子的羡爱，时常派遣使者前来探望，那俏皮地倒挂在树上的绿毛小鸟便是飞来飞去的使者啊。而梅花从来都是天然的容貌，不屑铅粉妆饰，即使

明 陈洪绶《梅花水仙图》

不施粉黛，花儿也是嫣红的，一直到谢去都是如此。梅花的品性如高邈的云空，她就是朝云啊。

这首咏梅词空灵蕴藉，言近旨远，给人以深深的遐思。词虽咏梅，实为表达苏东坡对爱妻朝云的一往情深。以人拟花，又以花拟人，人与花都妙在相同的神韵。滚滚长江东逝水，大浪淘尽千古风流人物，而这清丽的女子却活在了苏东坡的爱和诗里。她一生相伴东坡，生子操劳，虽然离去甚早，但“玉骨那愁瘴雾，冰肌自有仙风”，留在苏东坡以及后人心里的，是朝云那不变的青春美艳。

苏轼几次在咏梅诗里提到“诗老不知梅格在”，补笔点明，一纵一收，在苏轼心中，红梅之所以不同于桃杏者，岂在于青枝绿叶之有无？而是梅花体现出的身处穷厄而不苟于世、洁身自守的人生态度，是花格与人格的契合。他的咏梅之作大多写于贬往黄州之后，此前他的诗中多是牡丹、杏花，而在自京城前往黄州的途中，所经荒山幽谷、细雨飘零中的梅花让他顿生感慨。自此之后，每逢大起大落、宦海浮沉，他都会不由书写出咏梅的诗词，梅花俨然成为他的芳菲知己。

苏轼大草书法《梅花诗帖》，诗书合璧，为传世唯一大草：

春来幽谷水潺潺，的皪梅花草棘间。
昨夜东风吹石裂，半随飞雪渡关山。
何人把酒慰深幽，开自无聊落更愁。
幸有清溪三百曲，不辞相送到黄州。

先是写从京城被贬往黄州的途中，一句“半随飞雪渡关山”，画出荆棘丛中的梅花之昂扬姿态。东坡梅花帖，短短二十八字，却有一股汪洋浩荡的气息。苏轼长于行书、楷书，笔法肉丰骨劲，跌宕自然，给人以“大海风涛之气”“古槎怪石之形”的艺术美感。而《梅花诗帖》，尽管起首两行还是“行意”重于“草意”，但总体是草书意趣，从起首的低沉到最后的飞扬，宛如惊涛骇浪从千山大壑间顷刻奔泻而出，在绝响后戛然而止于风平浪静的海面，让人感觉“抵掌激昂，有击楫中流之心”的震撼。苏轼在写此帖时，任笔驰骋，并不计较结体的严整与端庄，笔落处似生出无数虬龙，飞入云霄，刹那间气象万千。

另有《南乡子·梅花词和杨元素》：

寒雀满疏篱。争抱寒柯看玉蕤。忽见客来花下坐，惊飞。蹋散芳英落酒卮。

痛饮又能诗。坐客无毡醉不知。花尽酒阑春到也，离离。一点微酸已著枝。

苏轼这首词写于任杭州通判时，他与时任杭州知州的杨元素颇有交情，两人常在一起咏梅、赏梅并唱和。岁暮风寒，百花尚无消息，只有梅花缀树，葳蕤如玉。在冰雪中熬了一冬的寒雀，值此梅花盛开之际，既知大地即将回春，自有无限喜悦之意。“争抱寒柯看玉蕤”，生动地描绘了雀儿们翔集在梅花树上，瞅准空档，便争相飞上枝头的景象。前人咏梅，多赋予梅花孤独冷艳之特质，苏轼则不然，由欢蹦乱飞的寒雀引出梅花，便有了鸟语花香，有了梅花的热烈。“忽见客来花下坐，惊飞。踏散芳英落酒卮”，那雀儿见客来花下，本当惊飞而起，却迷花恋枝不忍离去，竟致花下的客人对梅树上的雀儿毫无觉察，直至坐定酌酒，才见那雀儿踏散的芳英，不偏不倚恰恰落在酒杯之中，给赏梅之人平添无穷雅兴。

“离离，一点微酸已着枝”，从寒柯玉蕤到满枝青梅，一笔带过，并不直言梅子，只说“一点微酸”，顿觉口舌生津。此词未有一字沾梅，但读来会觉未有一笔不是梅。

苏轼的咏梅诗词自是一家，其文如其人，富有激情和生命力，超然自适，疏狂浪漫，多情善思，既向内心的世界开拓，也朝外在的世界拓展，在他看来，词是无事不可写、无意不可入的。苏轼字子瞻，黄庭坚在《跋子瞻〈醉翁操〉》里称他：“落笔皆超逸绝尘耳。”又在《跋东坡墨迹》赞他：“挟以文章妙天下，忠义之气贯日月。”

兄弟苏辙则在为苏轼所写的《亡兄子瞻端明墓志铭》中叹他：“其于人，见善称之，如恐不及；见不善斥之，如恐不尽；见义勇于敢为，而不顾其害。用此数困于世，然终不以为恨。”这番话正是苏轼一生造就的人格，与他所说的“梅格”情理相通。东坡眼里的梅花“洗尽铅华见雪肌，要将真色斗生枝”，幽独高雅，有着孤瘦雪霜姿，在宋代影响了一大批文人对梅花的咏叹，由梅格到人格，各显风采。

9. 为有暗香来

对于梅花的喜爱，在宋代文人中风靡一时，有唱和，有十咏、百咏，还结集成册。从皇帝宋徽宗赵佶到朝中的宰相大臣，几乎没有不写咏梅诗的。王安石一首《梅花》成为千古名作：

墙角数枝梅，凌寒独自开。
遥知不是雪，为有暗香来。

王安石为唐宋八大家之一，诗作大气沉着，不事雕琢，他借用了北宋诗人林逋《山园小梅》中的“暗香浮动月黄昏”，将受到冷遇然而洁白如雪、暗香远送的梅花描画得十分高贵，借以隐喻自己虽因变法失败遭到贬谪，处境艰难，但仍然孤傲卓立的姿态。他还写过一首七绝《梅花》，也是一首难得的佳作，描写得很是传神：

白玉堂前一树梅，为谁零落为谁开。
唯有春风最相惜，一年一度一归来。

诗人内心的那一份才情，经由这短短的四句表现出一种高远的意境，此诗读来也是朗朗上口，有一种雅极的诗格。

那白玉堂前的梅花，不知为谁零落，也不知为谁而开。诗人叹惜之余，终悟得唯有春风最相惜，那是一种天荒地老的相守，一年一度，春风与梅花总会相遇，你也归来，我也归来，只为这不变的契约。这诗让人读出一种人生况味，孤寂，但仍有相知，更是不易。

王安石曾受到比他年长三十岁的晏殊提携。

清高的王安石本来在京试中名列第一，但皇帝宋仁宗却见他的试卷中有“孺子其朋”的文字，很不高兴，便将他撤了下来，成为第四名。“孺子其朋”出自《尚书·周书·洛诰》，大意是“你这年轻的小孩啊，今后与群臣要像朋友一样和谐相处才是”。那宋仁宗正巧是十三岁登基，这话是犯了忌讳呀，皇帝已经做了二十多年了，轮得上你王安石来教训吗？

但不管怎样，王安石还是金榜题名，一行人奉旨前去拜谒枢密使晏殊，晏殊与王安石同为临川人，晏殊端详着王安石，说出一番惊人之语。

他说，若干年后，你的名望、职位将会超过我。

又说，不过有两句话要提醒你，能容于物，物亦容矣。

王安石当时听来好生茫然，难道要我随大流、容流俗吗？

事隔多年，王安石两次被罢相，他与兄弟聊起当年晏殊的提醒，这才有所感悟，说晏殊大人早就看出我性格上的弱点了。

明　陈洪绶《梅花山鸟图》

的确，晏殊从王安石的诗赋答卷中，深谙其才华，但从他的气质中觉出其清高孤傲、执拗，认为他胸襟不够开阔，不能容人。这话，王安石当时没有在意，而很多年受挫之后才明白晏殊之深意。

晏殊乐于奖掖后人，当世名士如范仲淹、孔道辅、欧阳修等，皆出其门，他识富弼于寒素之中，还将自己的女儿嫁给了他。晏殊刚毅直率，待人以诚，虽处富贵，但生活相当简朴，做了许多有利于国计民生的大事，为史学家所称赞的“庆历新政”，便是由晏殊总领其事的。他身居要职，虽也几次遭遇贬谪，但总归是有惊无险，后改任地方官，大办书院，培养人才，欧阳修称晏殊“自五代以来，天下学废，兴自公始”，确是实情。

晏殊学富五车，文章华丽，其诗词既有闲雅的意趣，又有多情的才思，而尤其以词让人惊艳，被称作“宰相词人”，是宋词的一代词宗、江西词派的领袖。“无可奈何花落去，似曾相识燕归来”“昨夜西风凋碧树。独上高楼，望尽天涯路”“念兰堂红烛，心长焰短，向人垂泪”等佳句均出自晏殊的词作，美哉！他的咏梅词也是别出一格：

雪藏梅，烟著柳。依约上春时候。
初送雁，欲闻莺。绿池波浪生。
探花开，留客醉。忆得去年情味。
金盏酒，玉炉香。任他红日长。

——《更漏子·雪藏梅》

初春已至，梅花藏于待化的雪中，柳条悄然而生，“藏”“著”二字，绘人间春色无限。刚刚送走鸿雁，又似听闻莺啼，绿池水面泛起层层涟漪。热爱风物的人当探花期，宾客醉饮，不禁忆得往年亦是如此，若常有金盏酒、玉炉香相伴，任由时光流去，也是欢悦的。

晏殊其词语言清丽，声调和谐，闲雅旷达，贵而不俗，含情而不轻佻，在柔情之中，自有一种圆融宏放之理性。

他的幼子晏几道从小深受濡染，很早就开始诗词创作，词风似父而造诣过之。晏几道写过一首咏梅的词——《诉衷情》：

小梅风韵最妖娆。开处雪初消。南枝欲附春信，长恨陇人遥。

闲记忆，旧江皋。路迢迢。暗香浮动，疏影横斜，几处溪桥。

“陇人遥”一句又是借用了陆凯寄梅范晔之事，“暗香浮动，疏影横斜”则是化用了林逋的诗句，但化得恰到好处，将梅的风韵写出了花间词的清丽。晏几道正是受南唐花间词的影响，工于言情，凄婉清新，哀怨自然之处颇近李煜。其小令语言清丽，感情深挚，尤负盛名。人称他父子为“二晏”，而小晏尤胜其父。世人谓他身为富贵公子，却一生潦倒，只因太“痴”。冯煦曾说过：“淮海（秦观）、小山（晏几道），真古之伤心人也。其淡语皆有味，浅语皆有致，求之两宋词人，实罕其匹。”

10. 西陵江口摘寒梅

西陵峡为长江三峡最长的峡谷，上起秭归县西的香溪口，下止宜昌南津关，古来江道曲折，怪石林立，滩多水急，行船极为惊险。北宋时期，欧阳修曾在西陵峡口的小城夷陵为县令，历时三载。他来时，正是初冬时节，眼见的情形再现在他所写的《夷陵县至喜堂记》中。

至喜堂是他在夷陵的寓所，意为至此地而喜。

他本是在朝廷遭遇恶人算计，被贬至此的，但他倒是心胸豁达，不以为悲，反以为喜。夷陵是一座古城，三国时期，蜀汉昭烈帝刘备在此对东吴发动一场大战，名为夷陵之战，又称彝陵之战、猇亭之战，是中国古代战争史上一次著名战役。这地方面临大江，码头石阶陡且曲，来往于巴楚之间的舟船零散地停泊在江边，自川蜀一带运来的生漆、峡州纸、梗稻米、茶叶、柑橘，装点着码头。

欧阳修为夷陵县令的三年间，积极落实州守朱庆基的倡导，于山地间造林，拆茅屋，建瓦房，人畜分开，一改峡区的简风陋习。夷陵地方虽小，但打官司的人却不少，多因田契不明，“官书无簿籍，史曹不识字，凡百制度，非如官府”。欧阳修则亲自一一重新整理，各类冤案得以昭雪。从此，县内大小官员“遇事不敢忽也”。

三峡一带风光奇秀，林草丰茂，多有古梅，最令人触景生情，吟诗作赋，在《欧阳文忠公全集》766篇诗文中，与夷陵相关的有140篇之多。欧阳修常与友人在山林河流间游历，看遍夷陵的古寺奇洞，清溪名峡，写下《夷陵九咏》《黄杨树子赋》《夷陵县至喜堂记》《峡州至喜亭记》等诗文。其中咏梅诗借物抒怀，表露了他当时的心迹。

西陵江口折寒梅，争劝行人把一杯，
须信春风无远近，维舟处处有花开。
——《戏赠丁判官》

欧阳修因支持范仲淹改革朝政而被贬官，来到这贫寒的峡江小县，他却道“须信春风无远近”，人生的小船系在哪里，哪里就会有波涛掀动、花儿盛开。之前他一路顺风顺水，这次遭受打压，反使他更加潇洒，“庐陵事业起夷陵，眼界原从阅历增”（袁枚《随园诗话》卷一）。

少年时代的欧阳修，家境贫寒，父亲早早去世，寡母郑氏与他相依为命。母亲为大家闺秀，知书识礼，对他言传身教，用芦秆当笔，在沙地上教欧阳修读书习字。欧阳修聪慧过人，勤学苦读，两次应试均落榜，二十二岁时才一举成名。但又几次遭贬，中年丧一子二女。一路走来，多有不幸，但他锐气不减，沿循韩愈以达孟子，所倡导的古文运动一扫五代浮艳卑弱之气，即使候馆梅残，也仍然从凋谢后的梅花里看到无穷生机。

候馆梅残，溪桥柳细。草薰风暖摇征辔。离愁渐远渐无穷，迢迢不断如春水。

寸寸柔肠，盈盈粉泪。楼高莫近危阑倚。平芜尽处是春山，行人更在春山外。

——《踏莎行·候馆梅残》

在驿站里见到一树残梅，诗人目光深情，梅花应时凋谢了，但远处小溪旁边又显青绿的柳芽、小草。春风吹过，阵阵清香。行人骑马远行，望着渐远的背景，离愁别绪涌上心头，这愁思如东去的春水，源源不断、滔滔不绝。

此情此景，让人柔肠寸断，泪满衣衫，不由登上高楼，向那远方眺望，满目青山，那远去的人已在春山之外。

欧阳修写过很多咏梅诗和词，这首《踏莎行·候馆梅残》可谓代表之作，写出了他深幽的心境，也写出了开阔的意境。

在夷陵待了三年之后，欧阳修被召回京，复任馆阁校勘，编修《崇文总目》，后奉命去知谏院任职。庆历三年（1043年），出任右正言、知制诰。当时，范仲淹、韩琦、富弼等人推行“庆历新政”，欧阳修参与革新，成为革新派干将，提出改革吏治、军事、贡举法等主张。但在守旧派的阻挠下，新政又遭失败。庆历五年（1045年），范、韩、富等相继被贬，欧阳修因此上书，也因之被贬至滁州（今安徽滁州），后又改扬州（今江苏扬州）、颍州（今安徽阜阳）、应天府（今河南商丘）等地。

在滁州，他为政“宽简”，滁州被治理得井井有条，使得官民称道。欧阳修还在此写下了不朽名篇《醉翁亭记》：“环滁皆山也。其西南诸峰，林壑尤美，望之蔚然而深秀者，琅琊也。……”《醉翁亭记》让这片耸立于安徽滁州的山峦从此闻名于世。在那秀美蔚然的林壑之间，多有梅树，他曾多次弃车马和随从或与友人步入青林之间，听山鸟啼唱，携琴于山泉之畔，乐而忘返。

从西南夷陵的咏梅，到琅琊的咏梅，各有不同，但那种超凡脱俗、追求至远的意境愈加强烈，也愈加悠远：

南山一尺雪，雪尽山苍然。
涧谷深自暖，梅花应已繁。
使君厌骑从，车马留山前。
行歌招野叟，共步青林间。
长松得高荫，盘石堪醉眠。
止乐听山鸟，携琴写幽泉。
爱之欲忘返，但苦世俗牵。

明　陈洪绶 《梅花小鸟》

归时始觉远，明月高峰巅。

——《游琅琊山》

相传欧阳修还亲手在滁州琅琊山上栽种了一棵梅树，至今尚存活于世，因是欧翁所栽，所以人称欧梅。

这棵梅树实则为“杏梅”，花期不抢蜡梅之先，也不与春梅争艳，而只与杏花同期开放，朴实自然。它越过千年，依然年年开放，细细品来，这梅树每一片花瓣似乎都应那位诗人的赞美脱胎而生。眼前诗人已去，但诗魂犹在，梅韵长存。

11. 一树梅花一放翁

每一位诗人都有故事，陆游则是更具传奇色彩的诗人。

陆游字务观，号放翁，一生酷爱梅花，写有大量咏梅的诗，梅花傲霜雪、凌寒风、不畏强暴、不羡富贵的高贵品格在他的诗里尤其鲜明。他歌咏的梅花形象，显然也是诗人自我的心愿和身影，如他《梅花（六首其三）》所言："何方可化身千亿，一树梅花一放翁。"

南宋孝宗乾道五年（1169年），陆游由老家山阴（今浙江绍兴）赴任夔州通判。他携家眷自五月十八日晚乘船启程，先沿运河而行，后进入长江，一路溯江而上，历时一百五十七天，于十月二十七日清晨抵达夔州。时间之所以如此清楚，是因陆游将一路的见闻录于笔下，写成中国历史上第一部长篇游记《入蜀记》。

好一部《入蜀记》，一路行来，陆游对景慨叹，忧国忧民之情盈于字里行间。经过池州，他联想到北宋灭南唐就是首克池州，然后取芜湖、当涂；经过常州，见梁文帝陵，四周已是荒草萋萋，碑陵为藤蔓所缠，不可辨识，不禁感念人世之沧桑；经鄂州时，由碑而引发对韩熙载的批评："熙载大臣，不以覆亡为惧，……夸诞妄谬，真可为后世发笑。……"他在游记中夹叙夹议，史评、政论、军略充斥其中，既以史鉴今，也有美妙粲然的自然风光、生动的民情民俗。"开南窗观溪山。溪中绝多鱼，时裂水面跃出，斜日映之，有如银刀。垂钓挽罟者弥望，以故价甚贱，僮使辈日皆餍饫。土人云'此溪水肥宜鱼'，及饮之，水味果甘，岂信以肥故多鱼邪？溪东南数峰如黛，盖青山也。"如此云云。

入蜀之时，正是陆游因言遭祸被免去官职，在越州山阴老家赋闲四年之后。他生逢北宋灭亡之际，成长在偏安的南宋，祖父陆佃曾为尚书右丞，父亲陆宰也多年为官，少年时，陆游即深受家族爱国情怀的熏陶，民族矛盾严重、国家不幸、百姓不得不四处流离的现实，让他小小年纪便有了忧国之心。绍兴二十三年（1153年），陆游进京参加锁厅考试，即现任官员及恩荫子弟的进士考试，主考官陈子茂阅卷后将他取为第一，却没想到，因秦桧的孙子秦埙位居陆游名下，惹得身居高位的秦桧大怒，降罪主考，并对陆游耿耿于怀。次年陆游又参加礼部考试，秦桧嫉恨交加，竟指令主考官不得录取。陆游无端遭到打压，直到两年之后，秦桧病逝，陆游才得以踏入仕途。

而初任福州宁德县主簿不久，陆游被调入京师，任敕令所删定官，他的才华已众所周知，宋孝宗赵昚即位后，便任命陆游为枢密院编修官，赐进士出身。陆游以一颗拳拳之心，上疏建议整饬吏治军纪，固守江淮，徐图中原，不料宋孝宗却只顾在宫中取乐，对此类上疏概不加以理会，陆游几度催问，反倒惹恼了孝宗，遂将他降为镇江府通判。

陆游爱国心切，只要有机会，便会向皇帝及领军的都督建言献策，对国家如何得以长治久安、是否出师北伐、都城究竟设在临安还是建康等问题提出主张，他的言论引起主和派极度不满，说他“结交谏官、鼓唱是非，力说张浚用兵”，引得朝廷不安，之后孝宗索性罢免了陆游的官职。他在极度忧愤之下，写出了那首震古烁今的《卜算子·咏梅》：

驿外断桥边，寂寞开无主。已是黄昏独自愁，更著风和雨。
无意苦争春，一任群芳妒。零落成泥碾作尘，只有香如故。

他将自己比作荒僻冷清之地的梅花，寂寞地绽开，受到风雨的摧残、群花的妒忌，但即使凋零，即使被碾作泥土，依然会散发出缕缕清香。那清香来自一腔爱国之情，来自骨子里的傲然。处在人生低谷的陆游，以对梅花的咏赞，使心境得以升华。无论那些苟且偷安的主和派如何诋毁，他忧国之心不变。

在我读来，陆游的《入蜀记》有一段关于巴东的记载尤为亲切：“二十一日。舟中望石门关，仅通一人行，天下至险也。晚泊巴东县，江山雄丽，大胜秭归。但井邑极于萧条，邑中才百余户，自令廨而下，皆茅茨，了无片瓦。权县事秭归尉右迪功郎王康年、尉兼主簿右迪功郎杜德先来，皆蜀人也。谒寇莱公祠堂，登秋风亭，下临江山。是日重阴微雪，天气飂飘。复观亭名，使人怅然，始有流落天涯之叹。遂登双柏堂、白云亭。堂下旧有莱公所植柏，今已槁死。然南山重复，秀丽可爱。白云亭则天下幽奇绝境，群山环拥，层出间见，古木森然，往往二三百年物。栏外双瀑泻石涧中，跳珠溅玉，冷入人骨。其下是为慈溪，奔流与江会。余自吴入楚，行五千余里，过十五州，亭榭之胜无如白云者，而止在县廨听事之后。巴东了无一事，为令者可以寝饭于亭中，其乐无涯，而阙令动辄二三年，无肯补者，何哉？”

我本于巴东出生，陆游文中所描写的景物，千年之后自然大不相同，但他提到的北宋寇准在巴东做县令时，所建的秋风亭、白云亭，还有奔流入江的慈溪，都是我儿时曾游玩过的地方。三峡大坝修建之后，江水升涨一百七十五米，巴东老县城整体搬迁，秋风亭也移至新修的寇准公园，那里依然松柏环绕，遥见大江。

巴东离陆游赴任的夔州相距只有二百多里，陆游与家人跋涉五千里水路，来到川蜀一带。三峡的秀丽风光或许让他洗却了途中的疲累，但每当明月高悬、孤船独泊之时，心中的思绪便如大江的波涛起伏汹涌。他赋诗道：“塔子矶前艇子横，一窗秋月为谁明。青山不减年年恨，白发无端日日生。七泽苍茫非故国，九歌哀怨有遗声。古来拨乱非无策，夜半潮平意未平。”

半世蹉跎，须发皆白，连年怅恨积压在心头，眼前虽是美景如画，奈何岁月流逝，空有平戎妙策，却不被欣赏，真是意难平啊。

“逆胡未灭心未平，孤剑床头铿有声。”乾道七年（1171年），王炎宣抚川、陕，驻军南郑，召陆游为干办公事，陆游得书甚为欣喜，只身前往，为的就是从军救国。

王炎委托陆游草拟驱逐金人、收复中原的战略计划，陆游作《平戎策》，提出“收复中原必须先取长安，取长安必须先取陇右；积蓄粮食、训练士兵，有力量就进攻，没力量就固守”。他意气风发，身着戎装，常到骆谷口、仙人原、定军山等前方据点和战略要塞巡逻，那是他一生中最接近梦想的日子。

但不久之后，朝廷否决了《平戎策》，调王炎回京，幕府解散，出师北伐的计划也毁于一旦，陆游陷入无边的忧伤。他坚持上疏，建议出师北伐，收复失地，仍未被采纳。

宋淳熙二年（1175年），范成大由桂林调至成都，任四川制置使，举荐陆游为锦城参议。范成大统帅蜀州，陆游为参议官，这两位好汉亦文亦武，成为莫逆之交。南宋的主和势力诋毁陆游“不拘礼法”“燕饮颓放”，范成大迫于压力，忍痛将陆游免职。陆游便在杜甫草堂附近浣花溪畔开辟菜园，躬耕于蜀州。为回应主和派攻击他“颓放”“狂放”，陆游自那以后自号“放翁”。范成大后来奉召还京之时，陆游送至眉州，恳请范成大回朝后劝皇帝“先取关中次河北”“早为神州清虏尘”。孝宗禅位于光宗之后，陆游再一次上疏，提出治理国家、完成北伐，建议“减轻赋税、惩贪抑豪”“缮修兵备、搜拔人才”“力图大计”，以恢复中原。

可他一生的主张，在偏安一隅的小朝廷里从未得到支持，每每上疏，遭遇的都是冷嘲热讽和打击，这使他总在悲凉激愤之中，再加上与刻骨相恋的妻子唐琬不得不含泪分离的状况，在他心里留下如刀剜一般的伤痛，唯有梅花，让他引以为知音，得以安慰，他在七十八岁之际，写下《梅花》（六首其三）：

闻道梅花坼晓风，雪堆遍满四山中。
何方可化身千亿，一树梅花一放翁。

还有著名的《梅花绝句》：

幽谷那堪更北枝，年年自分著花迟。
高标逸韵君知否？正是层冰积雪时。

那不畏严寒的梅花漫山遍野，每一树梅花就是一个陆放翁，而一个陆放翁也就是一树梅花，有千亿个啊。看幽谷中的梅花，很少沐浴阳光，枝条朝北，迎着寒风，这恰似他陆游，一生忠贞，常在层层冰雪的包围中，但自有高标逸韵。陆游以花喻人，二者相互映衬，既有对梅花的无限珍重，也有对自我人格的坚定自信。

开禧三年（1207年）十一月，擅长权术的礼部侍郎兼刑部侍郎史弥远，与杨皇后密谋，设计诛杀了主战的平章军国事韩侂胄，遣使携其头前往金国，订下“嘉定和议”，北伐宣告彻底失败。身在山阴的陆游已是暮年，听到这些不幸的消息后，忧愤成疾，临终之际留下绝笔《示儿》：“死去元知万事空，但悲不见九州同。王师

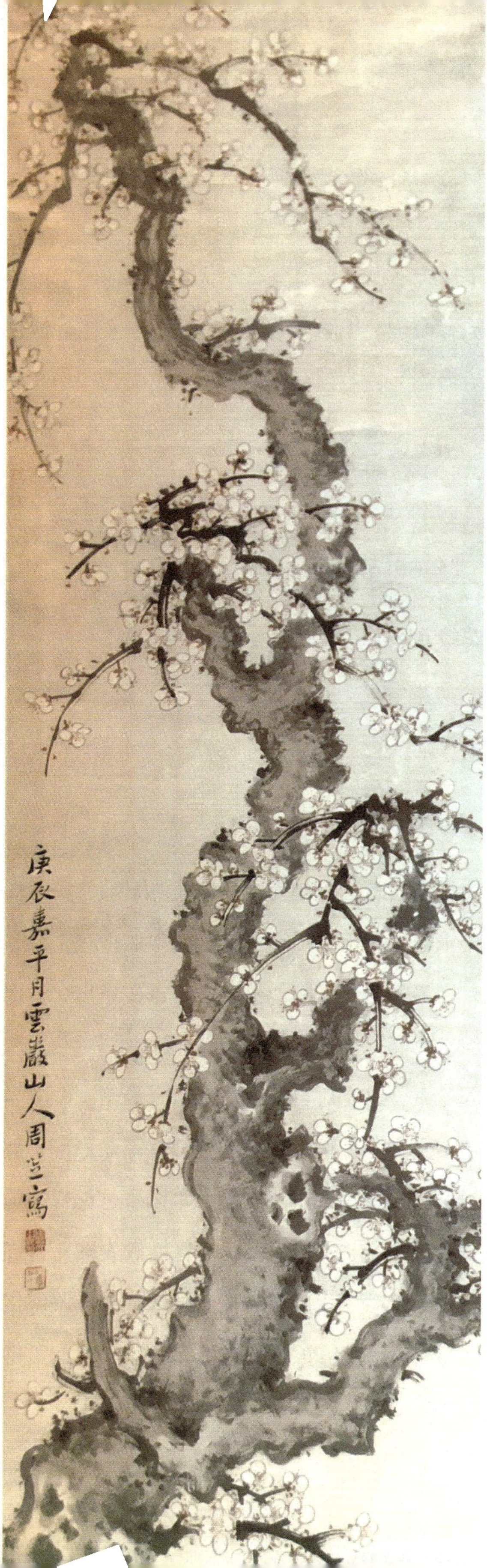

清　周笠《梅花轴》

北定中原日，家祭无忘告乃翁。”

如今读来，仍是字字泣血。

“六十年间万首诗”，陆游一生著述极为丰富，现存世的诗歌就有九千三百余首，多为抒发慷慨激昂的报国热情和壮志未酬的悲愤之作。用钱锺书的话说：“爱国情绪饱和在陆游的整个生命里，洋溢在他的全部作品里。他看到一幅画马的图，碰见几朵鲜花，听了一声雁唳，喝几杯酒，写几行草书，都会惹起报国仇、雪国耻的心事，血液沸腾起来，而且这股热潮冲出了他的白天清醒生活的边界，还泛滥到他的梦境里去。”

陆游集豪放婉约于一身。他的爱国之诗如此，咏梅诗也是如此。还有不得不提的情诗。陆游与前妻唐琬刻骨铭心的情感，令人动容，他的情诗是绝等伤心之诗。

陆游做史官时还编修了《两朝实录》和《三朝史》。南宋时期，记述南唐历史的史籍有薛居正领导史馆所修的《旧五代史》、欧阳修私撰的《新五代史》等共计11个版本，陆游遍取诸本，按本纪、列传，亲编《南唐书》十八卷，借古鉴今，为南宋王朝，也为后人添置了一面历史的镜子。他的高标逸韵也借梅花之诗留在了人世间。

12. 把吴钩看了

宋代的文人爱梅成癖、咏梅成风，据有人统计，在《全宋词》和《全宋词补辑》中专咏花卉之作居前三位的是：咏梅1157首，咏荷173首，咏桂172首。咏梅词毫无疑问的高居第一。

宋代咏梅的名家辈出，词作众多，难以枚举。靖康二年（1127年），北宋灭亡，南宋开始了偏安一隅的执政生涯。纵观整个南宋朝堂，主和派一直占上风，朝廷的退让令不少文人担忧和愤怒，他们的情感无处宣泄，便将之融入诗词之中。梅花凌寒不惧、傲雪独开的品格，更多地得到他们的认同。他们借对梅的吟诵，表达自己的人生理想。如“梅须逊雪三分白，雪却输梅一段香”（卢梅坡《雪梅》），“数株如玉照寒塘，无日无风自在香”（张道洽《梅花》），“雪霜不管朝天面，风月能知匪石心”（尤袤《梅花二首》），都不约而同将个人品格与爱国忧愤之心寄于其中。

最具代表性的除了陆游，还有辛弃疾，他们的命运极为相似。二人同为南宋时期最著名的爱国主义者，又都以如椽大笔写下了一首首千古名篇。而辛弃疾更以词见长，他一生写过大量优美的词作，《青玉案·元夕》《永遇乐·京口北固亭怀古》等，读来令人血脉偾张，这首咏梅的《生查子·重叶梅》，也是立意高远，表达了心系天下的爱国之情。

百花头上开，冰雪寒中见。霜月定相知，先识春风面。

主人情意深，不管江妃怨。折我最繁枝，还许冰壶荐。

辛弃疾生于宋高宗绍兴十年（金熙宗天眷三年）（1140年），祖上为狄道人，自始祖辛维叶时迁居济南历城。他出生时，北方就已沦陷于金人之手。祖父辛赞在靖康之变、宋室南渡后“累于族众”，无法南下，遂含着屈辱为了生计而仕于金国，但内心却期盼着故国国土收复，他常带着儿时的辛弃疾“登高望远，指画山河”（《美芹十论》），辛弃疾稍长，也“两随计吏抵燕山，谛观形势”，暗暗立下恢复中原、报国雪耻的心愿。

绍兴三十一年（1161年），也就是辛弃疾二十一岁那年，金主完颜亮大举南侵，后方人民不堪压榨，奋起反抗，年轻的辛弃疾以侠义之气迅速召集了两千多人，浩浩荡荡地参与了以耿京为首的起义，并在军中任掌书记，又奉命南下与南宋朝廷联络。不料，他在完成使命归来的途中，却听说首领耿京被叛将张安国阴谋杀害，义军也因此而四下溃散。辛弃疾怒火冲天，愤而率领身边仅有的五十多骑，直捣五万敌营，竟然生擒叛将并突出重围，又千里奔袭到建康，将叛首张安国交给了南宋朝廷。

辛弃疾的惊人之举，一时让沉醉于安乐之中的南宋王朝大为震撼，宋高宗也不由赞叹他的英勇果敢，当即任命他为江阴签判。然而，南宋朝廷安于现状，怯懦畏缩，并无北伐收复国土的打算。辛弃疾接连写出一系列有关抗金北伐的文章，如著名的《美芹十论》《九议》等，尽管人们读来惊叹不已，但朝廷上下却反应冷淡。后来大概嫌血气方刚的辛弃疾碍眼，将他支使到江西、湖北、湖南等地担任转运使、安抚使等地方官职，负责治理荒政、整顿治安。

他一次次整兵待发，但屡遭弹劾，到后来才意识到自己“刚拙自信，年来不为众人所容”（《论盗贼札子》），果然后来官职被罢。他去到江西上饶，在乡下闲居了二十年，其间，除了有两年一度出任福建提点刑狱和福建安抚使外，大部分时间都是在侍弄稼禾、写词书文。他将居住的带湖庄园取名为“稼轩”，并以此自号“稼轩居士”。

然而，辛弃疾的内心仍然炽热如火，慷慨激昂的爱国之情仍无时不在涌动，他以长歌高吟的词作表达着恢复祖国统一的痴愿、对北方故园和抗金战斗的怀念、难以抑制的对南宋朝廷屈辱苟安的失望，以及壮志难酬的忧愤。英雄的豪情壮志与对现实的孤独绝望相交织，使得他的词与他的心境一样，时常大起大落，挟有一股瀑布似的冲击和一种奋不顾身的撕裂与奔突。

“将军百战身名裂。向河梁、回头万里，故人长绝。易水萧萧西风冷，满座衣冠似雪。正壮士、悲歌未彻”（《贺新郎》），乃至“恨之极，恨极销磨不得。苌弘事、人道后来，其血三年化为碧”

(《兰陵王》),一字字,一行行,恰如天风海雨,震撼人心。

辛弃疾几乎达到了无事、无意不可入词的地步,他极善运用比兴和想象,山水风月、林木花草都被赋予情感和性格。他还善于运用民间口语和前人典故,雅俗兼容又别有新意,显得自由奔放,变化无常。有时通俗稚拙,如“些底事,误人那。不成真个不思家”(《鹧鸪天》);有时又相当严整,“八百里分麾下炙,五十弦翻塞外声”(《破阵子》);而《水龙吟》中“落日楼头,断鸿声里,江南游子。把吴钩看了,栏杆拍遍,无人会,登临意”,顿挫鲜明,铿锵有力,读得人都醉了。

辛词以豪放为主,但又不拘一格,沉郁、明快、激励、妩媚,兼而有之。这在他的咏梅词中,尤为明显。

老去惜花心已懒,爱梅犹绕江村。一枝先破玉溪春。更无花态度,全有雪精神。

剩向空山餐秀色,为渠著句清新。竹根流水带溪云。醉中浑不记,归路月黄昏。

——《临江仙·探梅》

这首《临江仙·探梅》写于稼轩落职闲居,已在江西上饶北灵山下的带湖十易寒暑之时,题旨全在“爱梅”二字,词中梅之幽姿逸韵,及辛弃疾本人对梅花的钟情流连,正是他的意趣和人格之所在。

有道是，年齿大矣，本无意赏花，然而不能忘怀的，唯梅而已。

辛弃疾与陆游曾有过深厚友谊，陆游曾在咏梅诗中云“幽姿不入少年场”，少年繁华只与烂漫花事相连，或许只有人到暮年才更偏赏梅花，辛弃疾与他有同感。众花开时，姹紫嫣红，千娇百媚，所谓“花态度”，乃娇媚俗艳之品。而冰清玉洁、骨冷神清、风清骨峻，正所谓“雪精神”。

“花态度”与“雪精神”之别，实为俗雅之辨，庸人与志士之分。

辛弃疾为寻梅花，直至溪山深处，“胜向空山餐秀色”，这里隐用了晋代陆机《日出东南隅行》诗：“鲜肤一向润，秀色若可餐。”还有杜甫《佳人》一诗：“绝代有佳人，幽居在空谷。”在这些独具慧眼的文豪看来，梅花精神比佳人秀色更具吸引力，即使跋山涉水，也愿到这山水幽静处，探梅之秀色，并为她写下清新的词句。

宋人咏梅，往往以水云萦拂，以幽篁相伴，俗艳之物皆不得入眼。在这溪水潺潺、梅香沁人的天地里，卧枕竹根，仰观流云，不觉天人合一。想他乘兴而来，踏月而归，一日清赏，可抵十年尘梦；而空山寒梅，得此人深情怜爱，也算不负平生。

他还写得一首《念奴娇 · 梅》：

疏疏淡淡，问阿谁、堪比天真颜色。笑杀东君虚占断，多少朱朱白白。雪里温柔，水边明秀，不借春工力。

明 周之冕《梅花野雉图》

骨清香嫩，迥然天与奇绝。

尝记宝籞寒轻，琐窗人睡起，玉纤轻摘。漂泊天涯空瘦损，犹有当年标格。万里风烟，一溪霜月，未怕欺他得。不如归去，阆苑有个人忆。

这词写得好一派天真。

那梅疏疏淡淡，天生丽质，有谁能与之媲美？东君统领下的百花颜色绚丽、娇姿百态，却无一株能有梅花之神韵呀！梅花不借春风之力，兀自绽放，其品格超凡脱俗，实乃仙葩。

记得她迎寒自开，被那梦醒后的佳人隔窗轻摘，插戴鬓边，十分珍惜。叹如今漂泊天涯，形消骨瘦，但风骨仍似当年，傲然于世。无论万里风烟，还是一袭风霜，谁又能欺侮得了她。但还是远离那喧嚣的尘世吧，在这幽静的山林里，仙宫中会有人将她思念。

梅之遭遇，也映衬着作者身世。一度受宠，何其荣耀，但最终漂泊天涯，形体瘦削，憔悴不堪。然而风骨不减当年，依然坚贞不渝。辛弃疾借梅感慨再三，其中寓意耐人寻味。

雁霜寒透幕。正护月云轻，嫩冰犹薄。溪奁照梳掠。想含香弄粉，艳妆难学。玉肌瘦弱。更重重、龙绡衬著。倚东风，一笑嫣然，转盼万花羞落。

寂寞。家山何在，雪后园林，水边楼阁。瑶池旧约。鳞鸿更仗谁托。粉蝶儿只解，寻桃觅柳，开遍南枝未觉。但伤心，冷落黄昏，数声画角。

——《瑞鹤仙·赋梅》

暗香横路雪垂垂。晚风吹。晓风吹。花意争春，先出岁寒枝。毕竟一年春事了，缘太早，却成迟。

未应全是雪霜姿。欲开时。未开时。粉面朱唇，一半点胭脂。醉里谤花花莫恨，浑冷淡，有谁知。

——《江神子·赋梅寄余叔良》

后人对辛弃疾，可谓赞誉有加。国学大师钱基博道："抚时感事，慨当以慷，其源出于苏轼，而异军突起。苏轼抗首高歌，以诗之歌行为词；弃疾则横放杰出，直以文之议论为词。苏轼之词，雄矫而臻浑成，其笔圆；弃疾之词，恣肆而为槎丫，其势横。词之弃疾学苏，犹诗之昌黎学杜也。周邦彦隐栝唐诗入词，弃疾则隐栝经子语、史语、文语入词，纵横跳荡，如勒新驹，如捕长蛇，不可捉摸。"

还有两人的评价意味深长。一位是元末丞相、政治家、军事家脱脱，他精通儒学，纵观历史，由衷道："古之君子，出处不齐，同归于是而已。辛弃疾知大义而归宋。"

另一位是康熙皇帝爱新觉罗·玄烨，他感慨道："君子观弃疾之事，不可谓宋无人矣，特患高宗不能驾驭之耳。使其得周宣王、汉光武，其功业悉止是哉！"

辛弃疾的一生，恰如他在咏梅词中写到的那样："未应全是雪霜姿。欲开时。未开时。"读梅如读人，在辛弃疾的梅花诗里不仅可以寻到这位盖世英雄的苍凉心路，更能感受到那始终不变的炽热情怀。与辛弃疾当时以词唱和的陈亮、刘过，还有刘克庄、刘辰翁等，深受其陶染，形成南宋中叶之后声势浩大的爱国词派，"道男儿到死心如铁，看试手，补天裂"的豪情和以身报国的壮烈理想，激励着一代代中华儿女。

13. 年年雪里

“昨夜雨疏风骤，浓睡不消残酒。试问卷帘人，却道海棠依旧。知否，知否？应是绿肥红瘦。”写出这首《如梦令·昨夜雨疏风骤》的李清照，当时还只是一位豆蔻年华的少女。

她随父母生活于繁华的汴京，父亲李格非进士出身，是苏轼的学生，官至提点刑狱、礼部员外郎，母亲也出身名门。李家富有藏书，李清照自幼受家学熏陶，十分聪慧，这首《如梦令》一问世，便轰动了整个京师，“当时文士莫不击节称赏，未有能道之者”（《尧山堂外纪》卷五十四）。

这位年少的才女一鸣惊人，被人誉为“自少年便有诗名，才力华赡，逼近前辈”（王灼《碧鸡漫志》）。而后，李清照读了著名的《读中兴颂碑》一诗，又写出了令人拍案叫绝的和诗《浯溪中兴颂诗和张文潜》，笔势纵横，评点了唐代“安史之乱”前后的兴败盛衰，借讽唐明皇，告诫宋朝当权者“夏商有鉴当深戒，简策汗青今具在”。

一个少女，如此才华横溢，对国家社稷又有如此深切的关注和担忧，令世人惊诧不已。或许，她那时已有预感，国家兴亡，匹夫岂能无责？国兴则民兴，国亡则民伤，不幸的是，她一生的遭遇恰成了这般写照。

宋徽宗建中靖国元年（1101年），李清照十八岁，与时年二十一岁的太学生赵明诚在汴京成婚。赵明诚博学多才，温厚儒雅，其父赵挺之时任吏部侍郎，他与李清照门当户对，志同道合，宁可过俭朴的日子，也要“穷遐方绝域，尽天下古文奇字之志”。他们想方设法，借阅朝廷馆阁收藏的罕见珍本秘籍，“尽力传写，浸觉有味，不能自已”。二人遇有名人书画，三代奇器，更不惜“脱衣市易”。夫妻情趣相投，恩恩爱爱，可谓神仙眷侣。

可树欲静而风不止，就在李清照出嫁后的第二年，她的父亲李格非被卷入矛盾重重的朝廷内部争斗，被列入反对新政的元祐党，宋徽宗亲书元祐党人一百二十人的名单，命人刻石端礼门，责令这些人不得在京任职，李格非正在其中。女儿李清照很快受到牵连，皇帝诏曰：“宗室不得与元祐奸党子孙为婚姻”（《宋史》卷十九《徽宗本纪》），“尚书省勘会党人子弟，不问有官无官，并令在外居住，不得擅自到阙下”（《续资治通鉴》卷八十八）。李清照夫妻俩也被逼分离，清照只身回到济南，投奔先行被遣归的家人，而此后不久，赵明诚一家也遭奸相蔡京诬陷，其父被迫害，随后病死，荫封之官亦被追夺，赵明诚一家也被赶出京师。李清照赶紧追随丈夫去到了青州。

二十五岁的李清照与丈夫屏居青州，给自家的居所取名“归来堂”，自号“易安居士”。“归来堂”，取义于陶渊明《归去来兮辞》。好在虽然失去了往日在京都的繁华，但却得到了乡间的平静，他们在这段日子里，专心研文治学。李清照后来在为赵明诚整理刻印的《金石录》的后序中道：“后屏居乡里十年，仰取俯拾，衣食有余。连守两郡，竭其俸入，以事铅椠。每获一书，即同共勘校，整集签题。得书、画、彝、鼎，亦摩玩舒卷，指摘疵病，夜尽一烛为率。故能纸札精致，字画完整，冠诸收书家。”

咏梅在当时已成风尚，才华超众的李清照也是很早就有咏梅之作。她在新婚燕尔之时，就填过一首咏梅词，而后创作的咏梅词更是连连不断。

> 卖花担上，买得一枝春欲放。泪染轻匀，犹带彤霞晓露痕。怕郎猜道，奴面不如花面好，云鬓斜簪，徒要教郎比并看。
>
> ——《减字木兰花》

李清照这里也借用了陆凯的《赠范晔诗》“江南无所有，聊赠一枝春”，“一枝春”即梅花的代称，与丈夫嬉笑撒娇，假说自己在丈夫眼里，恐怕没有花儿好看，于是云鬓斜簪，将那花插在头上，倒叫那情郎一并看看，人与花浑然一体，花香人更美，如何？清照的情商了得，将新婚时期少妇的娇痴、活泼，巧妙地呈现出来。

宋人常以梅相贺，李清照在《殢人娇·后庭梅花开有感》中写到自家园中玉瘦香浓，梅花绽放，坐上客来，尊前酒满的欢乐；在《渔家傲·雪里已知春信至》写到因获春信，与亲人在庭院中赏梅相贺的自得："……造化可能偏有意，故教明月玲珑地，共赏金尊沉绿蚁，莫辞醉，此花不与群花比。"她将屈原的《离骚》、庄子的《逍遥游》乃至神话传说谱入宫商，构成格调雄奇的意境，显示了性情中豪放不羁的一面。

蹴罢秋千，起来慵整纤纤手。露浓花瘦，薄汗轻衣透。见客入来，袜刬金钗溜。和羞走，倚门回首，却把青梅嗅。

——《点绛唇·蹴罢秋千》

这似乎是清照最可爱的一首词，却是跟青梅有关，写一位庭院闺阁里的少女荡完秋千，薄衫汗透，见有客来赶紧避开，却又难抑心中的好奇，在进门的瞬间回过头来，仿佛玩性不改，又回头闻了一下院子里正在开放的梅花，其实是想看看来的客人。好一个天真烂漫，又情窦初开的少女，娇羞又大胆，清纯又懵懂。李清照善于写儿女情态，《小重山·春到长门春草青》里描绘丈夫即将归来团聚，又恰逢红梅欲开，喜悦之情溢于言表："花影压重门。疏帘铺淡月，好黄昏。二年三度负东君，归来也，著意过今春。"

但欢乐并不长久，而后因为朝廷的变故，李赵两家均遭不幸，

明　沈周　《竹堂寺探梅图》

她的咏梅词也不由借梅喻情，透露了复杂细腻的女性情感。

红酥肯放琼苞碎，探著南枝开遍未？不知酝藉几多香，但见包藏无限意。道人憔悴春窗底，闷损阑干愁不倚。要来小酌便来休，未必明朝风不起。

——《玉楼春·红酥肯放琼苞碎》

有别于一般的咏物诗词，清照不再只是以比兴来托物寄意，而是将梅花这所咏之物引作知己，充满敬慕爱怜之情。作为一位少见的女性词人，她的优势正是在于对女性心理的精细把握，即不仅将梅花人格化，而且赋予它丰富的个性。在无法排遣的忧伤中，举杯邀梅花，试图共饮一醉。她对梅花的担忧，也是对自己命运的担忧——狂风袭来，不免香消玉殒。但既然如此，不如相对小酌，将一切愁闷抛在脑后。她常是轻轻点染梅花之形，而多摹写梅花之神。

李清照的后半生，常被一个“愁”字所缠绕，词中的“憔悴春窗底，闷损阑干”正映出这副让人叹惜的愁模样。她四十四岁时，金人大举南侵，北宋朝廷崩溃，丈夫赵明诚因母去世而南下奔丧，李清照也不得不整理、遴选收藏品准备迁徙，“既长物不能尽载，乃先去书之重大印本者，又去画之多幅者，又去古器之无款识者。后又去书之监本者，画之平常者，器之重大者。凡屡减去，尚载书十五车，至东海，连舻渡淮，又渡江，至建康”（《金石录后序》)。仅此记载，便可恍惚见到一个妇人单薄惶乱的身影。

以宋高宗为首的妥协投降派，一味言和苟安，激起李清照的不满，她曾以“南来尚怯吴江冷，北狩应悲易水寒”“南渡衣冠少王导，北来消息欠刘琨”之句暗讽朝廷，果真是一位忧国忧民的热血女子。然而想不到的是，丈夫赵明诚本当英年，却在乱世之中病发而亡，撇下李清照孤身一人。她在颠沛流离、无依无靠之时，散失了多年收藏的图书文物，又错嫁了一个叫张汝舟的不良之人。那人早就觊觎她的收藏，婚后却发现这些收藏均已流失，家中并无财物，便不由恼恨交加，对李清照施以谩骂拳脚。受到家暴的李清照不得不报官要求离婚，但宋代法律规定，妻告夫要判处3年徒刑，李清照虽获准离婚，但身陷囹圄。后经翰林学士綦崇礼等亲友奔走营救，她才在关押数日之后获得自由。

这些惨痛的人生经历，在她后来的咏梅词中得以再现，更有不尽的凄苦悲愁，无人诉说，就是折得的一枝梅花，也无人可寄，真是令人断肠落泪。

藤床纸帐朝眠起，说不尽无佳思。沉香断续玉炉寒，伴我情怀如水。笛声三弄，梅心惊破，多少春情意。小风疏雨萧萧地，又催下千行泪。

吹箫人去玉楼空，肠断与谁同倚。一枝折得，人间天上，没个人堪寄。

——《孤雁儿》

这首词里，哪有通常咏梅之色香味形、赞梅之品格气韵，只有笛声三弄、梅心惊破。梅花是她和丈夫赵明诚曾经恩爱、幸福的见证，昔日两情相悦，共赏梅花，如传说中吹箫吟咏、朝夕相伴的萧史和弄玉。而今明诚已逝，她又是多愁多病，并不得不追随南逃的宋室朝廷茫然漂泊，国破家亡、颠沛流离，她如重伤难愈的孤雁不知何去何从，唯有在萧萧风雨中与梅同泣。

然而，李清照晚年的词虽然多为一个“愁”字，凄凄惨惨戚戚，但心系国土的情怀并未消退，国破家亡给自家带来的惨痛，更使她不时通过诗词表达出收复失地的强烈愿望。绍兴三年（1133年）五月，当她得知朝廷将派同签书枢密院事韩肖胄和工部尚书胡松年出使金国，即作古诗、律诗各一首，意为二公慷慨送行：“欲将血泪寄山河，去洒东山一抔土。”“不求隋珠与和璧，只乞乡关新信息。”晚年，李清照还曾作《武陵春》《题八咏楼》等，感叹辗转漂泊、无家可归的悲惨，又悲宋室之不振，慨江山之难守，“江山留与后人愁”之句，哀婉悲壮，撼人心魄。在其南渡之初，便有《夏日绝句》一诗，诗中她更是刚毅果决、掷地有声：“生当作人杰，死亦为鬼雄，至今思项羽，不肯过江东。”

她的咏梅词，也时时流露出乡关家国之思。一首《菩萨蛮》：“风柔日薄春犹早，夹衫乍著心情好。睡起觉微寒，梅花上残。故乡何处是？忘了除非醉。沉水卧时烧，香消酒未消。”词中可见故国乡愁，撒遍了每一棵梅树、每一朵花瓣，抱树问故乡，酒醉人未醉。

“男中李后主，女中李易安，极是当行本色。”（沈谦《填词杂说》）后人将李清照称为“婉约词宗”，又称“易安体”，正如梅花独趣，在群花争艳的宋代词苑中，独树一帜，自成一家。就连辛弃疾也在自己的《丑奴儿近》调下题曰“博山道中效李易安体”，可见对李清照这位才女的敬意。

这个美丽孤寂的女人，在咏梅词《清平乐·年年雪里》，概括了自己的一生：

年年雪里，常插梅花醉。挼尽梅花无好意，赢得满衣清泪。

今年海角天涯，萧萧两鬓生华。看取晚来风势，故应难看梅花。

早年与丈夫相依的甜蜜憨乐、中年的清冷幽怨、晚年的漂泊沦落，在词中都约莫可见，许多难言之苦，也因而在不同时期的观梅中得以吐露。

对于女性而言，爱情、婚姻尤为要紧，这是男性诗人难以参透并代笔的。李清照的咏梅词丰富而深切细致地袒露了女性的心路历程，将两性相爱中的女性情感与家国兴亡中的博大情怀融于咏梅词中，正如她在《玉楼春》中的“不知蕴藉几多香，但见包藏无限意”，读者可由此领略到诗词包含的女性心灵史。

第四章

画梅

1. 梅花喜神谱

梅花为中国十大名花之首，又与兰花、竹、菊花一起列为“四君子”，与松、竹并称为“岁寒三友”。唐宋以后，无论宫廷还是民间，梅花题材在诗词、绘画、园艺及民俗活动中的再现可谓多姿多彩；宋元时期，咏梅、画梅的诗人、画家更是举不胜举，留下了一卷卷千秋精品。

我国的画谱当从唐代开始出现，画谱的前身为画稿、粉本，而以梅花为主体的花卉画则出现于宋代，这是因为梅花的“标格”自宋代更为明确，林逋和苏轼分别以梅花的韵致与梅格惊艳世人，明显提升了后世咏梅、画梅的精神高度和艺术深度。

宋代的梅谱有《华光梅谱》《范村梅谱》《梅花喜神谱》《梅谱》等，这些梅谱各有不同,《梅花喜神谱》属插图纪传谱,《范村梅谱》属单纯文字性质的记物谱，但对梅的欣赏形成诗中有画、画中有诗、以禅为画、以禅为书等多种层面。《范村梅谱》要旨为“梅以韵胜，以格高，故以横斜疏瘦与老枝怪奇者为贵”。宋伯仁的《梅花喜神谱》则进一步拓展——“疏影横斜于明月之下”，将梅与水、月等意象组合，形象再现其韵致与梅格。

“画梅直只标品格”，注定让梅花不同于任何凡花俗卉。

追求气节与风骨的文人画者在内忧外患的北宋时期，借梅言志。虽然市井中早有一些画者的《山水诀》，有对构图布景、勾描皴擦等技巧的提示，但编写梅谱者均未提及，而多是借梅花言心事，借咏梅托物比兴，寄托品格之美，画梅同样也是借梅花形象喻其意象之美，赞其标格之雅。

画梅同样成为追求风骨的人们的精神支撑。

《梅花喜神谱》是中国第一部图文并茂、画谱结合的梅谱，因宋时俗称画像为喜神，故名《梅花喜神谱》。

这部绘梅花种种情态的木刻画谱，收录了一百幅图，每图多一枝一蕊，形象鲜明而富有变化，图旁题诗四句，图上部根据花的情态标以寓意性画题。此书现存上海博物馆，为景定二年（1261年）金华双桂堂重刻本，刀法古朴明快，刻印具有相当高的水平，在版画史上亦具有重要地位。

撰绘者宋伯仁，字器之，号雪岩，广平（今河北广平）人，曾任宋盐运司属官，能诗，尤善画梅。自称每至花开时，徘徊竹篱茅屋间，满腹清霜，两肩寒月，谛玩梅之低昂俯仰，分合卷舒，自甲坼以至就实，图形百种，各肖其形。《梅花喜神谱》因此分别描绘蓓蕾、小蕊、大蕊、欲开、大开、烂漫、欲谢、就实等梅花的种种形态。

宋伯仁借画梅而抒发欲建功立业的理想，在多首题画诗中提到“中兴”“君子思在治”“志士功名重”“羹调天下安”等。它为后世的梅谱撰写规定了部分范式，之后历代的梅谱多以《梅花喜神谱》的部分图谱作为主题进行创作。

向士璧为《梅花喜神谱》作了后序，值得一读。

这向士璧非等闲人物，理宗绍定五年（1232年）进士，曾任黄州知州，后历任荆湖北路安抚使、峡州（今湖北宜昌）知州等职。淳祐年间，蒙古军进攻南宋，合州（今属四川）告急，他捐家资以供军费，领军赴援，大败蒙古军，因功被提升为秘阁修撰、枢密副都承旨，仍驻峡州。开庆元年（1259年），蒙古军复大举南下，涪州（治所在今四川涪陵）告急，他奉命往援。蒙军夹江为营，长数十里，宋军不能接近浮桥，向士璧用计焚毁浮桥，获大捷，升任湖南制置副使。后不幸为贾似道所害，死于狱中。

向士璧一身清正，素来为奸相贾似道所不容，他对梅花的欣赏体现出他的品格，文字确在义理之中。在《梅花喜神谱》后序中，他认为宋伯仁继承了理学大家“二程”（程颢、程颐）的理论，才创作出了《梅花喜神谱》，并将宋伯仁比作隐居的林逋，赞他洁身自好，善描万物造化。

“一梅花具一乾坤”，正是此序中所言。

“梅视百花，其品至清，人惟梅之好，则品亦梅耳。和靖素隐清矣，而洁其身者也，未得为清之大成。雪岩同逋之，好而仕，仕而好，不淄其清之时乎。得梅于心于神，故弗剌而成诗，弗艺而能笔，描摸万奇造化焉，瘦因裒所笔为谱，谱有尽而生意无穷噫。雪

宋　林椿《梅竹寒禽图》

岩之梅，周之蝶欤？昔人谓一梅花具一乾坤，是又摆脱，梅好而嗜理者。”

这篇短序，体现了南宋时期理学兴盛儒道合流的景象。

宋代热衷对画理的探究，文人们将诗歌中的梅花意象转化为画作中的梅花形象，在梅花的千姿百态之中，创造出新的技法。“红梅折得助挥毫”，有的墨笔直写，也有丹粉点染、设色艳丽，产生了文人画、宫廷画等多种流派。传世之作有赵佶的《蜡梅双禽图》、林椿《梅竹寒禽图》、马远《梅石溪凫》、故宫博物院藏南宋无款《折枝花卉图》和无款《梅竹双禽图》等。

2. 造无尽意，只在精严

淡墨色的梅，是梅花中的珍品。

水墨画梅，亦为梅画的珍品。

墨梅派有的画史著述认为是宋代的陈常首先改变了没骨画法，以色点花，以飞白笔作树石，自有清逸意。

更有凤阳人崔白，北宋最著名的花鸟画家，他以超越前人的描绘，长于写生，手法细致，生动传神，自创点墨梅花，“所画无不精绝，落笔运思集成，不假于绳尺，曲直方圆，皆中法度”。现北京故宫博物院存有他的《寒雀图》，台北故宫博物院存有他的《双喜图》等七幅。

有的画史著述则认为以墨点写梅，始于华光和尚。

宋释仲仁，会稽人，住衡州花光山，自号华光长老，他一生酷爱梅花，绘梅自觉奇趣无穷，遂创以墨渍画梅的方法。明代时，徐沁著《明画录》，其中论述墨梅派，道：“古来画梅者率皆傅彩写生，自北宋华光僧仲仁始，以墨晕创为别趣。”

《华光梅谱》幸存于今世。

《四库全书总目提要》中记载：“陶宗仪《画史会要》曰：华光长老酷好梅花，方丈植梅数本。每花放时，移床其下，吟咏终日。偶月夜见窗间疏影横斜，萧然可爱，遂以笔规其状。因此好写，得其三昧。黄庭坚诗曰，‘雅闻华光能墨梅，更乞一枝洗烦恼’。此华光画梅所以传也。此书盖后人因仲仁之名，依托为之。”

也就是说，《华光梅谱》并非华光和尚亲笔所作，大多由后人仰慕其画其名，而作此梅谱，有口诀，有取象，有画梅总论，有指点迷津，林林总总，既为画梅，也为分阵布局，行天下之道，富有哲理，读来十分有趣。

梅传口诀，本性天然。下笔有力，最莫迁延。
蘸墨浓淡，不许浪传。起笔纵逸，曲径垂旋。
仰如秋月，曲似弓弯。转如曲肘，直似箭边。
老如龙角，嫩似钓竿。拈如丁折，条似五弦。
嫩梢忌柳，旧梢若鞭。弓梢鹿角，下笔忌繁。
枝无十字，举花大钱。闹处莫闹，闲处莫闲。
老嫩依法，新旧分年。弃条无萼，劲梢指天。
枯如苍眼，一刺两连。枯梢多刺，梨稍是焉。
梢如铁戟，花无十全。花有重犯，枝分后先。
花分钱眼，须是虎髯。花有六六，泣露含烟。
如愁如语，傲雪凝寒。大放小放，正偏侧偏。
大偏少偏，移春朝元。羞容背日，骷髅笑颜。

离披侧谢，先春状元。背萼五点，正萼一圈。
笑春向阳，蓓蕾珠联。左偏右偏，护寒冲烟。
藏春放白，蝴蝶蜂先。披风带蒂，萼取其圆。
一开一谢，花欲天然。正须排七，一须争先。
吐三背四，切忌圈繁。造无尽意，只在精严。
斯为标格，不可轻传。

——《华光梅谱》节选

在取象一节中，运用了《易经》《太极》的推理，说到梅之有象，由制气也，自天地阴阳之气变化而生，花属阳而象天，木属阴而象地。因梅花形态和生长规律，而将墨梅的画法归纳为一丁、二体、三点、四向、五出、六枝、七须、八结、九变、十种。

如二体一说，有诗曰："根莫与独发，独发则成孤。二体强同势，开源有放殊。"又如六枝："其法有偃仰枝、覆枝、从枝、分枝、折枝。凡作枝之际，须是远近上下相间而发，庶有生意也。"故诗曰："六位须分别，毋令写处同；有人能识此，何必竞春工。"

再如八结："其法有长梢、短梢、嫩梢、叠梢、交梢、孤梢、分梢、怪梢等，须是用木而成，随枝而结，若任意而成，无体格也。"那十种则道："其法有枯梅、新梅、繁梅、山梅、疏梅、野梅、官梅、江梅、园梅、盘梅，其木不同，不可无别也。"诗曰："十种梅花木，须凭墨色分；莫令无辨别，写作一般春。"

还指出了墨梅画法的三十六病：

枝成指撚，落笔再填，停笔作节，起笔不颠，
枝无生意，枝无后先，枝老无刺，枝嫩刺连。
落花多片，画月取圆。树老花繁，曲枝重叠，
花无向背，枝无南北。雪花全露，参差积雪，
写景无景，有烟有月，老干墨浓，新枝墨轻，
过枝无花，枯枝无蘚，挑处卷曲，圈花大圆，
阴阳不分，宾主无情，花大如桃，花小如李，
弃条写花，当枒起蘂，树轻枝重，花并犯忌，
阳花犯少，阴花过取，奴花并生，二本并举。

——《华光梅谱》节选

画梅总论的文字更是有趣：

木清而花瘦，梢嫩而花肥，交枝而花繁累累，分梢而萼蕊疏疏。一为树，二为体，三为梢，长如箭，短如戟。宇宙高而结顶，地步窄而无尽。

若作临崖旁数枝，枝怪花疏，只欲半开。

若作炼风洗雨，枝闲花茂，只看离披烂漫。

若作披烟带雾，枝嫩花茂，只要含笑盈枝。

若作临风带雪，干老枝稀，只要墨拔，淡荡花闲。

若作停霜映日，森空峭直，只要花细香舒。

学者需要审此梅有数家之格，或有疏而娇，或有繁而

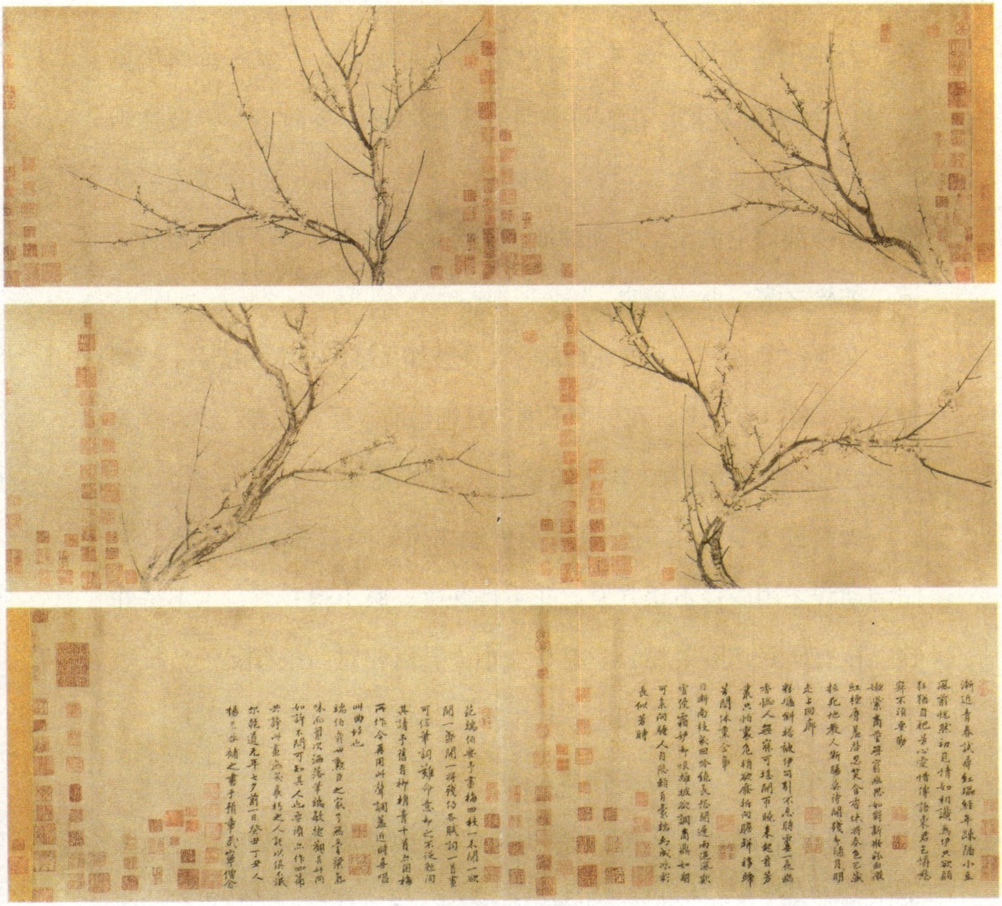

南宋 扬无咎 《四梅图》

劲，或有老而媚，或有清而健，岂有类哉？有生山岑者，有生山谷者，有生篱落者，有生江湖者，其枝疏密长短有异，不可不推。

对于生疏滞涩，免不了要犯那三十六病之人，华光自然指点迷津：“枝不可对发，花不可并生。多而不繁，少而不亏。枝枯则欲其意稠，枝曲则欲其意舒。花须相合，枝须相依。心欲缓而手欲速，墨须淡而笔欲干。叶须圆而不类杏，枝欲瘦而不类柳。似竹之清，如松之实，斯成梅矣。”

又道：“梅有四字，叠花如品字，交枝如叉字，交木如椏字，结梢如爻字。枝小有花多，花少则不繁。枝细嫩而不怪，枝多花少，言其气之全也。枝老而花大，言其气之壮也。枝嫩花细，言其气之微也。”

梅有高下尊卑之别，有大小贵贱之辨，有疏密轻重之象，有间阔动静之用。枝不得并发，花不得并生，眼不得并点，木不得并接。枝有文武，刚柔相合。花有大小，君臣相对。条有父子，长短不同。蕊有夫妻，阴阳相应。其木不一，当以类推之。

得华光和尚真谛者多有其人。

墨梅的画法一直似乎有些曲高和寡，而画者也自知如此，多将墨梅作为独善自养、不断修持的境界。宋时，文人墨梅派的传世作品有扬无咎《四梅图》、徐禹功《雪中梅竹图卷》、无款《百花图卷》等。

扬无咎是临江清江（今江西樟树市）人，号逃禅老人、清夷长者，宋高宗时因不满权臣秦桧，而多次拒绝做官。他能书善词，还极工书画，擅长用水墨写梅竹、松石、水仙，尤以墨梅著称。他的墨梅宗法仲仁，也就是华光和尚，能“得其韵度之清丽”。

北京故宫博物院珍藏的扬无咎的《梅花图》，纯以水墨绘制，自题跋语：“范瑞伯要予画梅四枝，一未开，一欲开，一盛开，一将残。”全幅以书入画，飞白写干，篆意成枝，笔轻意简，遂使画面简洁明快，梅花的清淡高远、柔韧倔劲呼之欲出。同时可见笔墨线条文气自足，笔简而意繁。

有道是，中国画最重要的是气韵，而气韵之中又尤以清逸为最佳。扬无咎的梅花正是得到了清逸正气，不邪不屈，令人探之如君子端坐，顿时无任何非分之想。但据说曾被宋徽宗嘲笑为“村梅”。徽宗喜精细华丽，崇尚五彩五欲，却没有会得扬无咎《梅花图》内含的文化精神。扬无咎倒并不惧怯，反以“村夫”自居，又书“奉敕村梅”于作品之上，乃自嘲，也是自傲也。

扬无咎在柳梢青词十阙后自题：“平生与梅有缘，既画之又赋之，自乐如此，不知观者以为如何也。然老境对花时一歌之，岂欲投它人耳目，非知音不可以示也。”

识得者，将墨梅当作极品；不识者，以为村梅。

“君子之道，淡而不厌，简而文，温而理，知远之近，知风之自，知微之显，可以入德矣！”扬无咎的墨梅，清淡但意旨丰富，简洁但变化有致，温和但坚韧挺拔。一如北宋之梅妻鹤子的林和靖，南宋之“零落成泥碾作尘，唯有香如故”的陆放翁等，坚守着一份纯洁、纯粹的文化情操。

3. 只留清气满乾坤

吾家洗砚池头树，朵朵花开淡墨痕。
不要人夸好颜色，只留清气满乾坤。
——《墨梅》

这是元代诗人王冕为自己所画梅花的一首题咏。

自从北宋华光和尚首创水墨画梅之后，墨梅为各代文人所喜爱，元代王冕就是一位墨梅大家，曾给自己取过一个号，就叫“梅花屋主”。这王冕为诸暨（今浙江）人，他出身贫家，幼年替人放牛，晚上到佛寺的长明灯下读书，之后却屡试不第，他也就干脆绝意功名利禄，索性归隐浙东九里山，种梅千枝，筑茅庐三间，题为“梅花屋”，从此以卖画为生，终老田园。他一生爱梅，种梅，咏梅，又画梅。

此画与诗就作于梅花屋内。此时正值元末农民大起义爆发前夕，作者面对混乱的世道，万千感慨，借墨梅之清气，表达自己不向世俗献媚，而只愿给人间留下一片清香的追求。

这幅墨梅图中，那根挺拔的枝干有数尺之长，洋溢着一种蓬勃的生机，一改宋人画梅的“疏枝浅蕊”。他的梅繁花万枝，含苞欲放，千丛万簇盛出，更显风姿绰约。他笔力挺秀，行枝连续如弯弓秋月，圈花“一笔两顿挫”，简洁畅利，无妩媚纤弱之态，尽显清贞孤傲的气概。

画的左上角题了此诗，诗称“吾家”，暗指晋代书法家王羲之，因王羲之与王冕同姓，借此自比。王羲之“临池学书，池水尽黑”，而王冕将淡墨痕化为朵朵梅花，外表虽然并不娇艳，但却是神清骨秀、高洁端庄、幽独超逸；它没有鲜艳的色彩去吸引人，讨好人，求得人们的夸奖，而只有一股清香留在天地之间。

这正是王冕的自我写照。他一生鄙薄流俗，独善其身，以墨梅将诗格、画格、人格融合在一起，淡中有味，直中有曲。

中国画是中国风尚、中国气质的绝佳体现，古人只借一管笔、一方墨便能拢天地万物于方寸之间，既可清逸出尘，也可气象万千。那一砚墨色，可分为四种，如清墨、淡墨、浓墨、焦墨，进而再变化无穷，甚至将那看不见的充盈在天地之间的清淡香气也若隐如现地透示出来。

王冕起初效法宋代华光和尚及扬无咎等人的墨梅画技。相传华光和尚因月光映梅影于窗纸之上而产生灵感，继用浓淡墨色在绢上晕染开梅花，他的学生扬无咎在师父的技法之上，又用劲健的墨线圈勾梅花。而王冕将他二人的优长集于一身，比之前人更有创新，他笔下的梅枝花朵繁茂但疏密有序，显得格外生机盎然，还有没骨法和经典的S形构图，也很得后人推崇。

人称王冕为画梅圣手，一生画梅无数。他的《南枝春早图》也为画梅极品，四枝向上勃发的梅花，情景上变化万千，老干新蕊，昂扬豪放，一派劲峭冷香。而以飞白法画出的枝干，兼有书法笔意，挺劲潇洒，气韵贯通，正所谓画细梢或如铁鞭鹤膝，或如弓梢钓竿，俱气足力满、顿挫有韵。

王冕还有一幅《香雪断桥图（寒梅图）》为绢本水墨，由美国大都会艺术博物馆收藏。最为后人所珍视的一幅《墨梅图》作于元至正十五年（1355年），所幸没有流失，现由上海博物馆珍藏。这幅《墨梅图》为王冕晚年画梅艺术臻于化境时的杰作。此图作倒挂梅，枝条茂密，前后错落。枝头缀满繁密的梅花，或含苞欲放，或绽瓣盛开，或残英点点。正侧偃仰，千姿百态，犹如万斛玉珠撒落在银枝上。白洁的花朵与铁骨铮铮的干枝相映照，清气袭人，深得梅花清韵。干枝描绘得如弯弓秋月，挺劲有力。梅花的分布富有韵律感，长枝处疏，短枝处密，交枝处尤其花蕊累累。勾瓣点蕊，简洁洒脱。

画幅中有作者题诗五首。署款：“乙未年春正月朔写于草堂。”时王冕年六十八岁。诗塘及裱边四周，有明人祝允明、陆深、谢承举、文征明、薛章宪、王宠、徐霖、王韦、唐寅、陈沂等人题诗，极为珍贵。

有意思的是，王冕除了画梅，还为梅花写过一篇《梅先生传》。

元 王冕 《墨梅图》

他将梅拟为人，开篇便是“先生名华”，“华”者，花也；“字魁”，字之曰魁，即推梅花为百花之首；“不知何许人”，梅花当然并非一地所有；“或谓出炎帝”，此句来自杨万里《洮湖和梅诗序》载“梅之名肇于炎帝之经”；“其先有以滋味干商高宗，乃召与语，大悦曰：‘若作和羹，尔为盐梅。’”此句出自《尚书·说命下》，乃商高宗武丁言于傅说之词。“因命食采于梅，赐以为氏。梅之有姓，自始。”

文中如此写梅：“先生为人修洁洒落，秀外莹中，玉立风尘，表飘飘然，真神仙中人。所居竹篱茅舍，洒如也，东西行者过其处，必徘徊指顾：‘是梅先生之居，勿剪勿除，溪山风月，其与之俱乎？’”

又道：“天宝大历间，杜甫客秦山，邂逅风雪中，巡檐索笑，遂为知心，每语人：‘仆在远道，无可与人与语，得梅先生，少慰焉。’甫为一代诗宗，心所赏好，众口翕然。于是先生之名闻天下。”

《梅先生传》的结尾仿先贤太史公口吻，写道：“梅先生，翩翩浊世之高士也。观其清标雅韵，有古君子之风焉。彼华腴绮丽乌能辱之哉！以古天下人士景爱慕仰，岂虚也耶！”王冕结合各种典故、人物，极力赞美梅之高洁、梅之清雅，以神仙中人、君子之风赋予梅的形象。

他为梅先生立传，梅先生也恰是他本人的写照。在他晚年之际，朱元璋攻取越州，屯兵浙东九里山，因早闻王冕其名，即着人请他出山入幕府，授以谘议参军，王冕却坚辞不就。朱元璋心有不甘，又以武力相逼，着兵至梅花屋，强请王冕为官，谁知王冕仍然不就，并以出家相拒，将梅花屋扩为白云寺，以明心志。朱元璋只好作罢。

王冕一生性格孤傲，爱梅习梅，其诗画总在同情人民苦难，谴责豪门权贵，轻视功名利禄，描写田园隐逸生活。有《竹斋集》三卷、续集二卷。有其诗为证："冰雪林中着此身，不同桃李混芳尘。忽然一夜清香发，散作乾坤万里春。"

4. 荧然一点如火

在明代的画家中，刘世儒与刘宪章、王谦、盛行之等同为画梅高手。他所作的《刘雪湖梅谱》，内有“一枝春信”“数点天心”“斗柄初升”等梅花谱版画二十四幅，雕镌精美，为明万历年间流行于世的著名版画。如今读到这套梅谱，让人如嚼巧工酿造之梅果，越是咀嚼越是回味无穷。

一幅幅画作穿越时代浮现于眼前，仍然是活脱脱的千姿百态，峭然风骨呼之欲出。不同于北宋梅谱的是，此画谱上虽然也只是一两枝梅花，但多是繁花绽放，枝俏而不孤，端庄而有王者气象。

梅花为百花之首，不在花艳，而在梅格。刘雪湖画出的正是梅花的气质。而恰能看出刘雪湖画中深意的，则是为这套梅谱作序的王思任。读王思任的《梅谱序》，让人如寻幽径，直入梅花世界，领略到的是一种深刻的人生哲学。

“天下有必传之心，无必传之人，何也？心可以八万世，而人必不肯出百年。试摆列一世之人摘看一世之心，卑者逐无涯，高者命不朽。至百年之外，其人与心，俱血俱土也。有荧然一点如火之传薪者，无几也。”

人活不过百年，世上没有长久留存的人，却必定有传扬的心，也就是精神，心可以流传万代。但试看百年来的人心，多少人无论层次高低，都想追求不朽，然而许多年之后，那些人和事都化为尘土，真正能留一点光的人没有几个。

被王思任称道的刘雪湖就是一位传递薪火的人。他年轻时看到王冕画的梅，即心生喜欢，为了学王冕的画而废寝忘食。待稍有感悟之后，他背起书箱出外游学，走遍名山幽壑。最初是仿照王冕画梅的笔法，而多年行走，对山野之间的梅花了如指掌，后来则完全顺从心境，自由发挥。传说，每当刘雪湖在一个地方画梅之后，一连多少天，那四周的梅香及气韵都会悠然存留。又说曾经有人在河上泛舟，并赏看刘雪湖所画的梅花图，几只蝴蝶竟朝着画上的梅花飞来，翩翩而不思离去，一直随着那船儿飞舞而行。还传说，刘雪湖曾为一户人家画壁，没想到，过了些时日，采花的蜜蜂竟把那壁画上的花儿都咬空了。

那梅花在人们心中成了神品。

王思任在《梅谱序》中还写道：“雪湖尝告人曰：‘画梅以韵格胜。’夫韵在声后，格在局先。善歌善弈者可知而不可解，即可解而又不可知。雪湖直以梅知之，而以画解之，此共心之独至，千而下有必传者也。著《梅谱》凡四刻，俱为好事者携去。性既孤高，而家贫不能再刻，无以应问奇者。”

刘雪湖与林逋、苏轼、王冕等人，对梅的理解一脉相承，画梅以韵味格调取胜。王思任对他这一点格外称道，说所谓韵味在歌声停歇后还会留在人的心里，格调在布控棋局前已具备。那些擅长唱歌下棋的人都懂这一点，却未必说得明白。但刘雪湖画梅却深得其道，并通过笔下的绘画淋漓尽致地表达出来，这是他的独到之处，也一定能流芳百世。

王思任当时的判断果然没错，刘雪湖画的梅谱在明末共刊刻了四次，都先后被人一抢而空。后来，雪湖因家境贫穷无力再行刊刻，曾经为官的王思任偶尔回到家乡，见刘雪湖这人鹤发鲐背，两眼炯炯有神，深以为奇，又看到雪湖的旧稿，便动心在姑孰官邸为他再行刊刻，并为此作序。

“人共谓雪湖得梅之趣，而吾独谓�湖得梅之苦。人徒欲传雪湖之画，而吾独欲传雪湖之心，倘从此有如其歌弈之悟以至心而心传焉是《梅谱》乃导师也。”(《刘雪湖梅谱序》)人们都以为刘雪湖得到了梅的真趣，但王思任却认为刘雪湖体悟到了梅的苦心，人们只想流传刘雪湖的画，他却想传递刘雪湖的精神。

王思任想要传递的一点薪火，正是梅花的傲骨。

要说王思任对这梅花傲骨的理解，并非偶然，他曾任县令，后升任南京工部主事等官职，曾备兵九江。清兵入关后，南京建立弘光小朝廷，终日酒色歌舞，不思报仇雪耻。1645年，南京沦陷，清兵进逼杭州，马士英等拥兵声言护太后，欲渡江入绍兴，王思任上书太后，痛数马士英之罪，请斩之。又以《让马瑶草》致书马士英，责其酒色逢君，拒其入越地，其中“吾越乃报仇雪耻之国，非

明　陈淳《梅花水仙图》

藏垢纳污之区也”一语，传为千古名句。

隆武二年（1646年）六月，绍兴城破，清军巡按御史王应昌邀王思任合作，王思任在门上大书“不降”二字，并说：“社稷留还我，头颅掷与君。”后避入望秦山凤林依祖墓搭草舍而居。清军一再逼降，王思任手札一封，称要保全身体以归父母，拒不剃发降清并为长子王槐起书信一封，述自己的不渝之志。九月，王思任绝食数天而死。

王思任在为刘雪湖写序之时，虽还难以预料将来国家及自身的前景如何，但心中一定早已积满愤懑和担忧，所以慨叹“卑者逐无涯，高者命不朽”。鲁迅曾在杂文《女吊》的开篇中写道：“大概是明末的王思任说的罢：‘会稽乃报仇雪耻之乡，非藏垢纳污之区也！’这对于我们绍兴人很有光彩，我也很喜欢听到，或引用这两句话。但其实，是并不的确的；这地方，无论为那一样都可以用。”

鲁迅很喜欢，也常引用，并认为“这地方，无论为那一样都可以用”。要照现在的理解，也就是，可以开掘利用的，在绍兴，在中国，还有无数。

这部由王思任作序的《刘雪湖梅谱》传至今日，其间经过无数次刊印，并有无数人作序，但均为王思任之心得所延伸。从刘雪湖到王思任，再到鲁迅，都自有一股硬朗的骨气，所以相互欣赏喜欢。今日中国，相信更有仁者义者对其是欣赏喜欢的。

这一点薪火，何止百年。

5. 芥子纳须弥

广为人知的《芥子园画谱》是众多画家的成果。但其中主要的编纂者为王概兄弟。王概为浙江秀水人，明朝末年隐居南京莫愁湖东，好学嗜古，知画理，又善刻印。《芥子园画谱》中的《梅谱》分画梅浅说、画法图式与名人画三大部分，也主要是由王概编写的。

“芥子园”一名出自清初名士李渔的居宅别院。清康熙年间，李渔从杭州举家迁居金陵，建起了一个园子，虽不及三亩，但却巧心设计，建造得十分幽雅。李渔掩不住满心喜欢，不无骄傲地说：“地只一丘，故名‘芥子’，状其微也。往来诸公，见其稍具丘壑，谓取‘芥子纳须弥’之义。”

李渔一生没有做官，早年全靠替别人题联、写诗、卖文取酬，自从费尽辛劳修建好芥子园之后，便一边组了个戏班，一边开了个书铺，日子才有了起色。他在芥子园写作并刻印了自己的专著《无声戏》《一家言》《闲情偶寄》等，还刻印了《水浒传》《三国志演义》《西游记》《金瓶梅》等名作。

李渔有许多讲究，不仅巧工改造了当时的印刷技术，还让书卷的装帧设计变得佳妙引人，那些平日在市面上流行的伪劣书不堪一比，芥子园因此名声大振，成为清朝时期出版业的著名品牌，流传两百多年。

从那时到如今，图书收藏者都以收藏到芥子园印行的图书为傲。

《芥子园画谱》的由来，也有一段佳话。李渔的女婿沈心友家中藏有一套书画家李流芳的画稿，并附临摹古人各式山水画，李渔自有慧眼，遂请王概整理增编，将这套精刻成版的画谱于康熙十八年（1679年）刻印成书，即以“芥子园”名义出版。

《芥子园画谱》从此广为流传，三百多年来，由当年康熙年间的“王概本”、光绪年间的“巢勋本”一再翻版。光绪十三年（1887年），何镛在所作后序中写道：“一病经年，面对此谱，颇得卧游之乐。”并题联云：“尽收城郭归檐下，全贮湖山在目中。”

《芥子园画谱》系统介绍了中国画的基本技法，既浅显生动，又全面明了，影响极为深远，启发了一代又一代名家，成为中国传统绘画的经典课本。大师齐白石幼年家贫，以做雕花匠、木匠为生，到处做活，年轻时在一主人家见到一部乾隆年间翻刻的《芥子园画谱》，且是五彩精致版，便如获至宝，遂用勾影雷公像的方法，画了半年之久，勾影了十六本之多。后来，他便以所画为据来做雕花木活，既守规则，同时又花样出新，为他日后的绘画打下了厚实的基础。白石老人到晚年还念念不忘初读《芥子园画谱》的情形。

《芥子园画谱》施惠画坛三百余年，育出代代名家，可谓功德无限，恰如何镛在此书的序中所言，“足以名世，足以寿世”。

王概与其兄王蓍、其弟王臬一生专心艺事，不入仕途，在《芥子园画谱》的编撰上着力多年，王概又专编了《梅谱》的画梅浅说，汇集了明人之前的著名梅谱，包括《画法源流》《扬补之画梅法总论》《汤叔雅画梅法》《华光长老画梅指迷》《画梅体格法》《画梅取象说（十种）》《画梅全诀》《画梅枝干诀入画梅四贵》《画梅宜忌诀》《画梅三十六病诀》等。道出了梅花世界的无穷精妙，是所有画梅、赏梅者必读之书。

“须弥藏芥子，芥子纳须弥”，相传须弥山是诸山之王，是大千世界的中心，可谓至高至无穷大也；而芥为蔬菜，子如粟粒，佛家以“芥子”比喻极为微小。据说唐代江州刺史李渤有一天向智常禅师请教：“小小的芥子怎么能容纳下一座须弥山呢？”

那智常禅师转而问道：“人家说你读书破万卷，是否真有这么回事啊？”

李渤很自信，说：“我读书岂止破万卷啊！”

那智常禅师又反问道：“可是你读过的万卷书现在都保存在哪里呢？”

李渤抬手指着脑袋说：“当然都保存在这里了。”

智常禅师双手合十道：“你的头不过只有椰子那么大，怎么装得下万卷书呢？”李渤听后恍然大悟。芥子再小，也是一世界，世界的中心，也会有须弥。梅花何尝不是如此。

《芥子园画谱》之梅花册页

6. 万幅梅花万首诗

绍兴那个地方出文人，就论赏梅画梅者，也可谓代代有名家。清代有一自号梅痴、梅道人的画家童钰，也是山阴（今浙江绍兴）人。

此人与同郡刘文蔚、沈翼天、姚大源、刘鸣玉、茅逸、陈芝图结文学社，并称“越中七子”，善山水，工于以草隶法写兰、竹、木石。尤善画梅，宗扬无咎法，清代著名文人袁枚曾对他画的梅评价道：“使气入墨，奇风怒云，奔赴毫端。”

他一生爱梅的故事颇为传奇。

幼时，友人刘凤冈梦见他化为梅花二树，笑而告之，童钰从此即以“二树”为号。年轻时他弃举子之业，只在民间，兴之所至之时，常在月光下濡墨作画，纵横敧侧，皆成妙品。生平所作不下万幅，故有“万幅梅花万首诗”之说，并有此小印。在他的《墨梅图》的题诗中，还可见他另一方自篆闲章：“不知是我是梅花”。

梅情诗意，梅我相融，由此可见也。

童钰工诗，并以咏梅诗为胜，被人称作“二绝”，有“绝笔梅花绝笔诗”之誉。其《画梅》诗云：

十丈炎威十丈尘，
毫端犹见雪精神。
莫嫌拂袖多寒气，
我是人间避热人。

童钰画梅苍老古朴，墨气雄厚。相传他寄寓洛阳时，曾画梅于墙壁之间，时方冬日，百虫俱蛰，忽有冻蜂潜集其上，栖息于此。后有友人沈又希为此赋诗一首：“雪湖画梅蜂食须，树翁画梅蜂绕株。遥遥相去二百载，淋漓大笔同沾濡。”将刘雪湖当年画梅的趣事与之相提并论，虽然相去二百多年，但情景何其相似，都乃神笔之功。

这位只有雪精神、甘作“避热人”的文人，性落拓不为家计，“茅屋缀荒苔，经年未翦葺。多谢连日阴，添我好春色”。从他自己的诗中可知其家境贫寒，居于茅屋，茅屋漏痕纵复横，但却安贫常乐，于漏痕之中也见晨光翠滴。

童钰的女儿出嫁时，无钱装扮，他只好卖了一百幅梅花画以充嫁妆。但即便如此，他仍道“空山突见古时月，老树忽先天下春”，奇情逸气丝毫不减。

童钰六十二岁时，忽梦一道士相招，挥之乃去，后病于扬州志馆，梦道士又自云中至，“为被五珠衣，牵白鹤使骑之”。自知病不

清 童钰《梅》

可愈，然犹扶儿强起，画梅题诗寄袁枚，诗未就而卒。可谓为梅而生，为梅而死，传为画坛异闻。

他与诗人袁枚的交往也是一段佳话。

同为“乾隆三大家”袁枚和蒋士铨对童钰佩服得五体投地。他们之间虽未谋面，但相互倾慕，遥相心仪，互赠诗文。蒋士铨曾留下诗句：“我不识君见君画，每对梅花身下拜。”袁枚亲赠挽联“到处推袁，知君雅抱千秋鉴；特来访戴，恨我偏迟十日期”。并亲为童钰撰写墓志铭，为其编诗十二卷。

童钰在世时虽“万幅梅花万首诗”，但后来大多散失，如今仍所存不多，如乾隆年间所作的《墨梅图》轴现藏于广东省博物馆，《墨梅屏》六条著录于《知鱼堂书画录》，还有《月下墨梅图》轴藏扬州市博物馆，另有《墨梅图》大幅藏西泠印社等。

其《墨梅图》据说是他病重之时的绝笔之作，可见画中的梅枝干苍老古朴，花蕊挺拔清秀。虽在病重之时，但运笔仍密而不乱、繁而不杂，其笔下梅花自有一番骨气洞达，显出气凌百代、傲霜斗雪之势。

童钰一生贫寒，却有藏书万卷，其子童翼驹也学他的父亲弃举业，游幕为生，曾为山东临邑知县玉栋幕僚。得家传，嗜金石书画，秉承其父“万幅梅花万首诗”之遗风，亦能画梅，尤好红梅。

童翼驹好画红梅，还编撰了一本《墨梅人名录》，谓：“红梅虽用胭脂，而枝干须蒂皆用写法，与墨梅不殊，故善此者亦录焉。”乾隆五十二年自序，称：“作客齐鲁，久与阔别，每雨院风窗，慨然远想，辄泼墨写之，只以自娱，不计工拙。又取昔人与余同好者都为一集，题曰《墨梅人名录》，时一披揽，志向往焉。”这《墨梅人名录》里收进了宋四十一人，金一人，元二十六人，明五十六人。又另在《例言》中写道：“墨梅品高于兰竹，自应特为一书，不当与画家同列，是录之作，非但因同好，亦所以表着品格也。”

童钰、童翼驹父子二人似为梅而生，斯人虽已去，但画作仍在，万幅梅花万首诗。如今的我们，也似见童氏父子之神，“二树”在天之灵有知，当欣慰也。

7. 平生知己

“扬州八怪”中有两位画梅高手。

一位是李方膺，字虬仲，别号白衣山人，通州（今江苏南通）人。他与金农、郑燮等交谊笃厚。经雍正御赐，曾任山东乐安、兰山，安徽潜山等地县令，代理安徽滁州知州。为官戆直，关心民瘼，政绩显著，却屡受诬陷罢官。晚年寄居南京，奔走扬州、南通等地，卖画为生。

李方膺善画山水、人物，晚年主要画松竹兰菊，尤长于画梅。师法徐渭、沈周，但不守常法，以气魄、笔力过人。他生性爱梅，其通州寺街人题名“梅花楼”。

据袁枚《李晴江基志铭》记载，乾隆间李方膺至滁州，入城伊始便问欧阳修手植梅树所在，“遽往，铺氍毹再拜花下”。

画上多钤“梅花手段”“平生知己”印章。由于对梅的形态、品格观察细致，信笔挥写，自成篇章。作大幅丈许，蟠塞夭矫。现存卷轴册页墨梅，多以瘦硬见称，老干新枝，欹侧虬曲，水墨淋漓，笔法苍劲脱略，意趣雅逸洒落。

“扬州八怪”中还有一位年龄最小者罗聘，字遁夫，号两峰，也善画梅。

罗聘原籍安徽歙县，迁居扬州。幼时父母早逝，孤寒无依，然刻苦好学，二十余岁随金农学画，得其神似，常为之代笔。这金农为扬州一奇人，别号枯梅庵主，博学多才，通经史，善诗歌，早岁无意科举，云游四方。这罗聘也学了他师傅，一辈子靠卖画为生。曾三赴京师，因《鬼趣图》轰动当时文坛。

他擅长山水、人物、花卉各科，尤善画梅。金农对他的梅图很满意，说他“放胆作大干，极横斜之妙”，他用笔厚重，形象准确，较金农更为严谨秀雅。多作粗干淡花，或墨晕背景，或勾花粉，手法丰富，笔致疏放，浓淡交映，别具风貌。传世作品有《梅花图轴》（故宫博物院藏）、《三色梅图轴》（吉林博物院藏）等。

其妻方婉仪，也善画梅。其子罗允绍、罗允，女罗芳淑，均得家法，工写梅，世称“罗家梅派”。

8. 玉骨冰肌

吴昌硕一生酷爱梅花，自称“苦铁道人梅知己”。

吴昌硕，这位晚清民国时期的著名国画家、书法家、篆刻家，集“诗、书、画、印”为一身，被誉为“石鼓篆书第一人”“文人画最后的高峰”，是承前启后的一位巨匠。

吴昌硕画梅自有一番新天地。

他纵横捭阖，尤喜用篆籀之笔入画，常用焦墨枯笔，顺逆来去，横枝纵丫，曲直苍劲，时而欲探水揽月，时而欲凌空飞去。作画之前也有一番姿态，总是先凝神静气，然后便运笔如风，一气呵成，自笑为“扫梅”。

他说：“我平生得力之处在于能以作书之法作画。”状物不求写实，形成了影响近现代中国画坛直抒胸襟、酣畅淋漓的“大写意”手法。这得益于他早年苦练书法，具备一手过硬的童子功。

吴昌硕生于清道光二十四年（1844年），浙江省孝丰县（今湖州市安吉县）一个读书人家。从小由父亲指点，喜书法印刻。咸丰年间，太平军与清军战于浙西，乡民避乱于荒山野谷之中，吴昌硕少小便与家人失散，只好替人做短工、打杂度日，流亡期间仍不忘读书练字。同治年间考中秀才，后赴杭州就学于诂经精舍，师从名儒俞樾习小学及辞章，笔法大健。

成年后的吴昌硕走南闯北，喜交朋友，悉心讨教技艺。同治年间他第一次去往上海，便认识了能以草书作画的高邕之，还有善工刻印、泽古功深的吴云，后来又有幸结识了在上海卖画为生的任伯年。任伯年寥寥数笔便能画出人物和花鸟的神韵，还常画人物钟馗，将这古代传说中的打鬼驱邪的神画出了一派浩然正气。任伯年早年以工笔见长，仿北宋人画法，纯以焦墨钩骨，赋色肥厚，近老莲派，后吸取没骨法和陈淳、徐渭、朱耷的写意法，笔墨趋于简逸放纵，设色明净淡雅，形成兼工带写，明快温馨的格调。

这种画法一改陈腐之风，吴昌硕十分倾心，与任伯年一见如故。

任伯年住在豫园附近的三牌楼，开设扇子店“古香室”，见了吴昌硕也十分欣赏，他二人从此常年交往。任伯年几乎每年都为吴昌硕作画，如《芜菁亭长小像》《酸寒尉像》《蕉荫纳凉图》，有的一脸严肃，有的则是夏日炎炎中赤膊敞怀，画中意味已在随性之间，可见二人交情深厚密切。

吴昌硕的写意，近则受任伯年等人指点，又参用赵之谦画法，远则博采徐渭、八大山人、石涛和扬州八怪诸家之长。山阴人徐渭一生坎坷，性格怪诞而多才多艺，自谓“吾书第一，诗二，文三，画四”，但他的大写意花卉狂浪无羁，梅画也倾注了这种狂率恣纵的豪放之气，散豁落拓中有一种凌轹震撼的气势，他一再自题梅画："从来不见梅花谱，信手拈来自有神。不信但看千万树，东风吹着便成春。"吴昌硕深得其味。

梅花是吴昌硕最喜画的题材之一，他三十多岁开始作画，即从画梅入手，一生画作以梅花为主题的占了近三分之一。

早年，他在安吉城居住，寓楼后有一小园，草木蔓生，因名芜园。他亲手种上数十株梅树，时常流连园中，早晚观赏，观其形得其神，融会于心。正如他在《十二洞天梅花图》所题："三年学画梅，颇具吃墨量，兴来气益粗，吐向治纸上。浪贻观者咲，酒与花同釀。法疑草圣传，气夺天池放。"他以篆、隶、狂草笔意入画，色酣墨饱，雄健古拙，亦创新貌。吴昌硕笔下的梅花因此繁花苍劲，气势弥盛。他的画中，墨梅、红梅兼而有之，以墨圈花，以色点染，画红梅花色在红紫之间，如"铁网珊瑚"，艳而不俗。梅花主干侧小枝旁出，数干梅枝穿插主干之间，纵横交叉，杂而不乱。

他画梅又常以怪石相伴，认为"石得梅而益奇，梅得石而益清"，由此变化出各种奇特的布局，显出梅的别样意态，"奔放处不离法度，精微处照顾气魄"，富有金石气。

吴昌硕的梅画多自题诗文，这也应是他得意之处。

他一生以诗人自诩，说自己"三十始学诗，五十始学画"，还曾在一首《赠内》诗中称"平居数长物，夫婿是诗人"，对诗的喜爱情不自禁。他的题诗多借梅而言志，借梅的千般形态道出人生态度。

《老梅图》题画诗云：

老梅天矫化作龙，怪石槎杈鞭断松。
青藤老人画不出，破笔留我开鸿濛。
老鹤一声醒僵卧，追蹑不及逋仙踪。
拼取墨汁尽一升，兴发胜饮真珠红。

吴昌硕一生重气节，在他的咏梅诗里就曾写道："一枝清气满乾坤，玉骨冰肌绝点尘。俯视人间闲草本，空山高卧不知春。"

民国初年，上海有名的商人哈同过生日，欲以重金求吴昌硕作画，但吴昌硕不屑一顾。哈同最早靠贩鸦片起家，又横行于十里洋场，是吴昌硕平素憎恶之人。

哈同有钱有势，被拒之后仍不甘心，又托当时在上海画界具有声望的人上门说情，吴昌硕一番冷笑，画了一幅柏树图。守候在一旁的哈同见那柏树叶子画得奇怪，就忍不住问："这柏树叶子为何如此之大？"

吴昌硕让他倒过来看，哈同看后说："倒看像是一幅葡萄。"

吴昌硕说："就是了。"

哈同问："为何要倒画"？吴昌硕却道："你们这样的人不正是喜欢颠倒是非，把黑说成白，把好说成坏吗？我给你的画当然也只好颠倒画了。"

吴昌硕《红梅图》

哈同恼羞成怒，却也不好发作，气呼呼地走了。

吴昌硕富有金石味的独特画风，舍弃了形的羁绊，步入了直抒胸襟“大写意”的宏大空间，既有传统的野逸与高古之气，又创造了一个全新的境界，从而对近现代中国画坛产生了巨大而深远的影响，众多现代绘画大师或出自其门下，或受其艺术启示，如近代“海派”诸家，“京津画派”的陈师曾、齐白石、王震、陈半丁、朱屺瞻、刘海粟、钱瘦铁、吴茀之、王个簃、诸乐三等，还有像黄宾虹、潘天寿、傅抱石、李可染等也无不受其影响。

他晚年写《墨梅图》题画诗：

十年不到香雪海，
梅花忆我我忆梅。
何时买棹冒雪去，
便向花前倾一杯。

这位集“诗、书、画、印”四绝为一身的一代宗师，将自己最后的栖息之地选在了余杭县超山的梅林深处，且在那株古老的宋梅旁，日夜伴着梅的气息。那些烂漫的梅花年年岁岁开放在他的画作和诗文里，于人世间传递着似近似远的阵阵清气。

9. 故园花

《白石诗草》中曾有齐白石的一段文字："青藤、雪个、大涤子之画，能纵横涂抹，余心极服之，恨不生前三百年，或为诸君磨墨理纸。诸君不纳，余于门外饿而不去，亦快事也。"

白石老人在这里说的"青藤"，指的是明代徐渭；"雪个"则指的是朱耷，也就是八大山人；"大涤子"则是明末清初画家石涛的别号。齐白石对这三位佩服得五体投地，恨不能与他们生于同世，为他们磨墨理纸，说若是不被纳用，他宁愿守于门外，即使饿死在门前也是快乐的。

白石老人写到这里意犹未尽，还写过一首同样心迹的诗："青藤雪个远凡胎，老缶衰年别有才。我欲九原为走狗，三家门下转轮来。"

他自年轻时从《芥子园画谱》那里得以启蒙，长期于民间文化的土壤里开掘，后来发现这三位奇人之画作，如醍醐灌顶，大彻大悟，用当下的时尚流行语说，就如"开挂"，从此一发而不可收。

这位到老也乡音未改的湖南湘潭人，早年曾为木匠，后以卖画为生寓居北京。他对家乡的感情深厚，年轻时曾典租过一个叫梅供祠的祠堂居住，周围种满了梅树，他称之为“百梅祠”。后来他念念不忘，在一首《题画梅》中还写道：

疏影黄昏月色殊，
老来清福羡林逋。
此时正是梅开际，
老屋檐前花有无。

诗中的“老屋”，指的就是当年住过的梅祠。老人道，四千余里路漫漫，平安昨日家书到，画出梅花色亦欢。

读齐白石的画梅之作，可明显看出他对徐渭、八大山人和吴昌硕的继承，布局简练但气势如铁，多以凝重的金石笔法画枝干，力透纸背。点花则率性而为，花色纯净，红艳至极，且繁花连缀。还将梅枝干和花蕊变色为重墨，使红艳的梅花在墨色映衬下爽利清新。白石老人画梅越到老来越为劲捷，似多余的什物一笔也不取，只在寥寥数笔中，让人读出无穷意味，百看不厌。

我曾多次在北京芍药居中国现代文学馆C座二楼欣赏白石老人的一幅梅花图，他用笔简洁、疏朗，枝干劲节，古风犹存，却并不拘泥于从前的梅谱，多有烂漫天真，令人流连忘返。梅花是白石老人极爱的题材，他道是“生铁铸枝，丹砂点瓣”，时常画来，一直到百岁。

我从小就喜欢齐白石老人的画，也说不出为什么，年岁稍长，渐渐悟到白石老人的画看上去浅显明艳，男女老少皆能一眼就能看懂，这其实是最难得的。其画作又多采自有趣之景，通达人性，小蜜蜂啊小虾呀，溢出人间的暖意，各自都活得有声有色，似乎这大自然里的所有动物与人都是能够彼此心领神会、又互不伤害的。

那些花草树木，也都是具有性格的生灵，每一种都有自己独特的个性和喜好，人若懂了他们，也会具备他们的灵性。而白石老人显然就是那懂得倾听万物声音、诚心描摹他们的容貌和神韵的高人。

而白石老人画作的意蕴还远远不仅如此。

老人爱自幼生活的家乡，爱脚下这一方亲切又辽阔的土地。他的题画诗透示其独特的人格精神和浓厚的思乡爱国之情，诗与画同样都明白晓畅但又意味深长，风趣诙谐，豪气与柔情并存。

小驿孤城旧梦荒，
花开花落事寻常。
蹇驴残雪寒吹笛，
只有梅花解我狂。

——《画梅》

齐白石　梅花图

草间偷活到京华，
不为饥驱亦别家。
拟画借山老梅树，
呼儿同看故园花。

——《画梅》其二

王维诗云：“君自故乡来，应知故乡事。来日绮窗前，寒梅著花未。”白石老人见梅花便思故乡，因故乡而更恋梅花，人会花意、合花情，难怪每见白石老人笔下的瓣瓣梅花，总能感觉其间的楚楚动人。

白石老人画梅，不同于王冕等文人的严苛，也不同于扬州八怪的怪诞，自有民间叙事的味道，接地气、富元气，这使他成为中国人最为喜爱的画家之一。老人更有可敬之处，如他时常所表露出的谦恭：

花发无辞天意寒，
一生香在雪中山。
年深自有低心日，
不欲教人仰首看。

——《倒枝梅花》

这诗首写梅花于雪寒之中暗香自在，俯首近人，此格与传统文人的孤傲显然有所不同，显出白石老人的平易、谦和，与大众更为亲近，其中寓意深刻明朗。又如他在另一幅《墨梅》题诗中写道："通身铸铁净无尘，香墨缘来旧有因。月下人看初恍惚，山中雪满更精神。"直到百岁之后，梅花仍在他的笔下开放，且愈加精神。

第五章

问梅

1. 冲寒先已笑东风

梅花，自古便成了文人君子的象征，她不比桃花的娇艳明媚，也不比菊花的尊贵典雅、水仙的婀娜多姿，更没有牡丹的雍容华贵，但独有一份超凡脱俗的傲骨。中国古代许多经典名著里自然而然会出现梅花。

名著《水浒传》的开篇引用了一首诗："纷纷五代乱离间，一旦云开复见天。草本百年新雨露，车书万里旧江山。寻常巷陌陈罗绮，几处楼台奏管弦。人乐太平无事日，莺花无限日高眠。"

这首诗正是北宋神宗时期的名儒邵雍所作的梅花诗。

《水浒传》这部长篇英雄传奇，千百年来一直受到人们的喜爱，它虽成书于明代，但宋元以来就有好些民间流传的水浒故事和话本、戏曲，经过施耐庵的加工整理以及进一步创作，终成耐读的经典。邵雍的梅花诗出现在《水浒传》里，也并非偶然。

在本书"品梅"一章里已写到邵雍，这位著名的易学大师的梅花诗被历代后人视作预言，并加以附会，展开无尽的猜想揣摩，施耐庵显然也在其中。他选择邵雍的这首梅花诗，点化出世道的起落，叹唐末五代之时，天下干戈不息，战乱纷争，永无宁日；幸得天道循环，分久必合，有对于历史云烟的慨叹，以及太平无事云开见日的欣然。

但在《水浒传》这部讲述绿林起义、强盗造反的小说中，以此诗作为开卷诗，似乎另有深意。

金圣叹于此评道："一部大书诗起诗结，天下太平起天下太平结。"

另一部名著《红楼梦》里也有四首耐人寻味的咏梅诗。书中第五十回"芦雪庵争联即景诗 暖香坞雅制春灯谜"，李纨让宝玉到妙玉所在的栊翠庵折一枝红梅助兴，又命丫鬟用一个美女耸肩瓶，盛上水插梅。黛玉、宝钗几人说用"红梅花"三字作韵，每人一首七律，众人都道有趣。

曹雪芹对宝玉折的那枝梅花好一番精彩描写，说那枝梅二尺来高，旁有一枝纵横而出，却有五六尺长，"其间小枝分歧，或如蟠螭，或如僵蚓，或孤削如笔，或密聚如林，花吐胭脂，香欺兰蕙，各各称赏"。

但看那邢岫烟的咏梅诗：

桃未芳菲杏未红，冲寒先已笑东风。
魂飞庾岭春难辨，霞隔罗浮梦未通。
绿萼添妆融宝炬，缟仙扶醉跨残虹。
看来岂是寻常色，浓淡由他冰雪中。

一句“冲寒先已笑东风”，将寒冬腊月之时，桃李杏花尚无踪影之时，梅花兀自冲寒而开，一片笑靥迎东风的姿态展现得淋漓尽致。在李纹的诗里，又有一句“江北江南春灿烂，寄言蜂蝶漫疑猜”，奇巧多嗔，别有新意。薛宝琴的咏梅诗里写道：“前身定是瑶台种，无复相疑色相差。”将梅花比作仙葩，又暗喻自己，欲显花与人之高贵。贾宝玉也写了一首：

酒未开樽句未裁，寻春问腊到蓬莱。
不求大士瓶中露，为乞嫦娥槛外梅。
入世冷挑红雪去，离尘香割紫云来。
槎枒谁惜诗肩瘦，衣上犹沾佛院苔。
——《访妙玉乞红梅》

妙玉这人性格自是孤傲，一般人根本不予理会，那栊翠庵外的梅花更是难求，就是宝玉前去也恐怕未必求得，因此，即使不求观世音菩萨净瓶中的甘露，也要求妙玉赏一枝梅。宝玉踏雪耸肩，冒寒往来，更感那跟前的梅韵和禅意。《红楼梦》这四首梅花诗里多有典故，均为宋代以来的文人咏梅之经典之辞，可看出宋、元、明、清的咏梅之作代代相传，对梅花品格的仰慕和细致的研磨，已成作者曹雪芹与书中多位人物的共鸣。

清　弘仁《梅花》

2. 梅开五福

中国古来便有“梅开五福”之说，梅花五瓣象征着五福，一是快乐，二是幸运，三是长寿，四是顺利，五是和平。

因这吉祥，中国的许多城市都将梅花定作“市花”。

最早是南京。

南京植梅盛于六朝，相沿不衰，至今已有一千五百多年的历史，尤以梅花山闻名于世。梅花山位于南京市玄武区紫金山旁，历史上与三国吴大帝孙权、明太祖朱元璋有关，但最终得名还是因了梅花。

梅花山除了早先的梅树，几十年来又陆续栽植新枝，现已成万株梅园，多达五百多个品种，待到花开之时，自成梅花世界。那些好听的名字如一个个美妙佳人：猩猩红、骨里红、照水、宫粉、跳枝、千叶红、长枝、胭脂、玉碟、送春等，其中“别角晚水”全国独此一株，尤为珍贵。

那花儿是真梅系直枝梅类宫粉型的优良品种，花期一般在二月下旬至三月上旬，花儿绽放时，为淡玫瑰红色，浅碗状，花瓣层层叠叠，多达四十五瓣，花心内还有碎瓣婆娑飞舞，十分漂亮。

“别角晚水”，何以叫得此名？

据说有一位著名的“梅花院士”陈俊愉，他在二十世纪九十年代来到梅花山时，发现了此花并命名。奇妙的是，这色彩美丽的花儿开放时，常有花瓣开得不完整，花瓣边缘常有凹陷，南京话称其“蹩脚”，后来陈院士取其谐音，称其为“别角”。

而她花色水红鲜艳，碎瓣流动，似水似波，花味浓香，又极为稀少，故而全名为别角晚水，被当作梅花山的镇山之宝。

这梅花山上还有若干建筑，暗香阁、咏梅斋、疏影堂和知春亭、观梅轩……无一不与梅花相关。

无锡，这座太湖边的风情浓郁之城，也将梅花定为市花。

城西南的浒山，有一座面向太湖的梅园，始建于1912年。这梅园处处点染着江南文脉。园内有一座天心台，取自“梅花点点皆天心”之意。旁有老藤、古梅、新桂、奇石，烘托出梅的高雅古朴。梅园刻石、洗心泉、米襄阳拜石、揖蠡亭、清芬轩、香海、诵豳堂、招鹤亭、小罗浮、念劬塔、豁然洞……名字各有来历。

这梅园原为荣毅仁先生祖上所有，“梅园”二字便是荣毅仁的父亲荣德生先生于1916年亲笔题写，园中的紫藤也是当年荣德生老先生亲手所植，寓意“紫气东来”。那念劬塔为当年荣德生兄弟为母亲石氏所建，初建塔时，拟名为“念慈塔”，恰巧不久之后，江南名儒钱振锽先生来梅园赏梅，荣先生请钱先生作文书写塔记，读书经世的钱先生则建议改塔名为“念劬”，取自《诗经·蓼莪》“哀哀父母，生我劬劳”，《诗经·凯风》“棘心夭夭，母氏劬劳”之句。此议被荣家欣然采纳，从此命名此塔为“念劬塔”。

梅园内处处皆景，令人驻足。

诵豳堂建于1916年，取自《诗经·豳风》，中堂高悬“诵豳堂”一匾，为著名画家吴作人手笔。中堂两侧，悬有时乃风书《诗经·豳风·七月》八章。中堂左右两侧，悬有楹联，有秦歧农录祝京兆句：“四面有山皆入画，一年无日不看花”。有钱以振撰赠、唐肯手书的楹联：“使有粟帛盈天下，常与湖山作主人”。堂内还有钱塘沈兆霖书写的楹联：“发上等愿，结中等缘，享下等福；择高处立，就平处坐，向宽处行。”

园内的香海轩建于1914年。据说当时荣德生先生以五十两白银托人觅得康有为手书“香雪海”匾额，但不料几年之后，康有为亲游梅园见到此匾，却说系他人伪作。好在康先生当即挥毫重书“香海”二字，并留存下来。现悬于轩内的匾确为康先生手书。

梅园内花色品种繁多，有素白洁净的玉蝶梅、红颜淡妆的宫粉梅、胭脂欲滴的朱砂梅、浓艳如墨的墨梅、枝杆盘曲矫若游龙的龙游梅，还有花如碧玉、萼如翡翠的绿萼梅。

这绿萼梅尤有动人之处，香味在梅花系列中最为浓郁醇厚，再加之清灵的颜色，为梅中雅骨。这花并不丰腴，却是玉润冰清，犹如高冷的才女，不喧闹、不攀附，气质高贵，风度翩翩，可谓清雅绝伦。

武汉的市花也是梅花。

自古以来，两湖就是梅花的故乡。秦汉时，野生梅就散见于长江两岸，隋唐时，其食用、药用效果便在民间流传。武汉古时称作江夏，南宋时期，江夏这一带居民栽培梅花已很盛行，到了明清时期，江夏黄鹤楼、卓刀泉、梅子山等地都是赏梅的去处。靠近东湖一带的洪山也一直有种植梅花的民俗，并多被人折回家去，“瓶插梅花迎新春”。

武汉的东湖梅园为全国四大梅园之一。

东湖梅园创建于1956年，恰在波光粼粼的湖水之畔，正合古人赏梅与水月相伴的意境，东湖比西湖大了六倍，虽于城市之侧，但四周近距离建筑甚少，似天然去雕饰，烟波浩渺，自有难得的幽静和疏淡。

这里三面临水，回环错落，又与劲松修竹相映。过去就曾有冷艳亭、暗香桥、水清桥、梅花观止等景致，后又新建古梅园，有青梅煮酒、梅妻鹤子、李白吟诗、李清照等梅花传奇人物、典故雕塑。

楚风楚韵，养就全世界最大的梅花资源圃。此外，中国梅花研究中心也在1991年建于此地。

曾在南京梅花山给那株奇特梅花以“别角晚水”之名的梅花院士陈俊愉先生，曾带领他的弟子们多次来到东湖，帮助赵守边老教授等人通过引种、选育、杂交授粉等多种途径，将东湖的梅花品种从二十世纪五十年代的几十个变成了几百个。每到冬春之交，让人目不暇接的梅花竞相绽放，惊艳天下。

光听名字就诱人无数。

“多子玉蝶”，花瓣多达65枚，雌蕊多达25枚，最大花径达4厘米，真可谓玉蝶翻飞。

“雪海宫粉”，花色为粉白或乳白，近看是花，远观似雪，花香馥郁，花开时成为雪海香涛，她融入了东湖的波涛之中，花湖也似的梅。

“金钱绿萼”，这奇梅花蕾大而扁圆，中心有孔，酷似古铜钱，但金钱难比这花朵一瓣。

“红台垂枝”，也由东湖梅园自己培育，花色红艳，集台阁、垂枝等特征于一体，与照水梅各有其美。《花镜》云：“照水梅，花开皆向下而香浓，奇品也。”照水梅花开朝下，垂枝梅则是枝条自然下垂，二者有所不同。

梅花多为侧开或俯开，却无仰开的。照水梅又有若干品种，其中一种叫“紫蒂白照水”，不仅花开朝下，而且花心具台阁，真是天工造化。

“算珠台阁”，花蕾像一颗颗玲珑的算盘珠。还有一种“扣瓣大红”，花瓣于边缘处向内扣或呈小碗状，即一朵梅花中再生了一朵梅花，形成台阁状，本是由梅花雌蕊变异而成，俗称“怀胎抱子”。

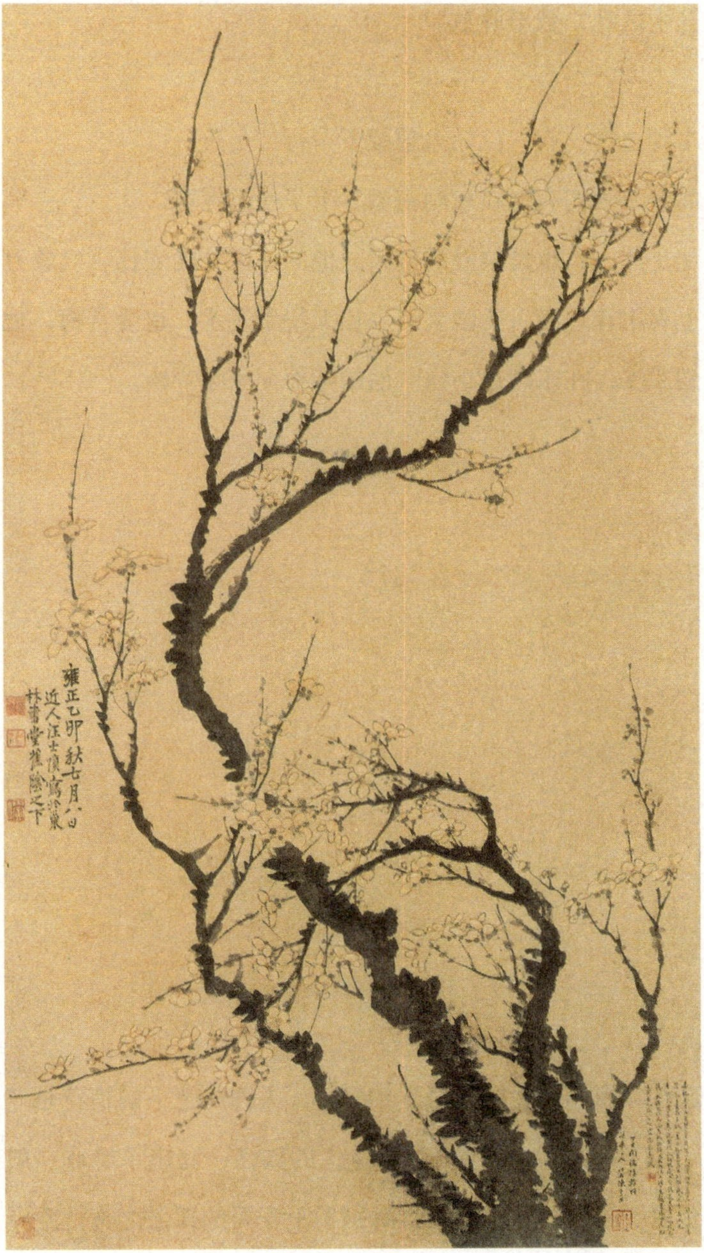

清　汪士慎《梅花图》

花中之花，数不胜数。

东湖之畔，有一位伟人曾留下一行行足迹。

而今，人们为他在东湖梅园立下了一组浮雕。

他是伟人，也是浪漫的诗人，他的诗词壮丽宏伟、气象万千，同时也有山花烂漫、无限柔情。伟人特别爱水，也爱赏梅，他曾多次来到武汉，在东湖边小住。他的咏梅词家喻户晓。

风雨送春归，
飞雪迎春到。
已是悬崖百丈冰，
犹有花枝俏。
俏也不争春，
只把春来报。
待到山花烂漫时，
她在丛中笑。

——《卜算子 · 咏梅》

这首咏梅词，毛泽东写于1961年，人称他笔下的梅花是“王者之梅”。毛泽东以高昂的气势和宽广的胸怀，写出了绝非一般的梅花，有别于林逋的寒士之梅，有别于王安石的孤傲之梅，毛泽东所咏之梅，则是纵观天下、指点江山的雄才大略之梅，在任何艰难困苦形势下都持有浪漫主义情怀，傲寒开放、乐观坚贞，显示出先天下之忧而忧，后天下之乐而乐，高远内敛的壮美品格。

这首词给了无数人以激励。

东湖梅园里，万株梅花丛中，毛泽东的浮雕伟岸屹立，这位划时代的伟人与山河同在，与梅花共魂。

3. 高标逸韵

梅花香幽，色雅，韵胜，格高，是谓花中君子。她本属蔷薇科李属落叶观赏花木，开放的时间尤早，花期甚长，在百花凋零的隆冬时节率先开放，乃植物界奇观。她还是不可多得的长寿树种，易形成花芽，耐修剪，病虫害较少，并不需要过多的栽培，就可享千年以上高龄。

那些越过千年的古梅，每一株的确都是一本大书。她们穿过悠远的岁月，历经枯荣，仍生生不息。

有谁千载艳如斯？

梅先自在于山野之间，渐渐受到人们珍惜。自宋代范成大的《梅谱》、张镃的《梅品》开始，从远古而来的梅，不仅让人看到了她姣好的模样，嗅到了清雅的幽香，还悟到了她的精魂。她不再仅是山野间的一株植物，而是与中华民族的气脉相向而行。

五千年的中华传统文化里，积淀着深厚的梅文化。

梅妻鹤子，暗香浮动。梅花的美，美在淡雅娴静，林逋写出了她的姿态和香气，疏疏落落的梅枝，纵横交错，映在清浅明澈的池塘中，黄昏的淡月下，飘散着缕缕幽香，沁人心脾。

且听梅花三弄梅花落，从宫廷到民间，且看梅树枝头繁花似锦，花开花落，暗香犹存。

李白惊鸿一瞥，杜甫巡檐索笑，几多乡情，几多温厚。韩愈“谁令香满座？独使净无尘”，白居易“莫怕长洲桃李妒，今年好为使君开”，好生傲骨，好生自信。而那豪放俊逸的苏东坡，出道时便有神仙姿，一生于坎坷之中傲然挺立，即使几次迁谪也不愿屈节从流，始终达观洒脱，正如他的“梅格”一说。

王安石“为有暗香来”，欧阳修“西陵江口折寒梅”。更有那陆游，自比“一树梅花一放翁”，又道：“幽谷那堪更北枝，年年自分著花迟。高标逸韵君知否？正是层冰积雪时。”那高标逸韵是梅格的体现，是君子立世的风范。

辛弃疾“一枝先破玉溪春。更无花态度，全有雪精神”，正是他的意趣之所在。众花开时，姹紫嫣红，千娇百媚，所谓“花态度”，乃娇媚俗艳之品；而梅之百花头上开，冰雪寒中见。骨冷神清、香幽骨峻，正所谓“雪精神”。“花态度”与“雪精神”之别，实为俗雅之辨，庸人与志士之分。

所谓志士，乃忧国忧民，志存高远，品格高尚，仁爱悲悯。俏也不争春，只把春来报。

古往今来，梅文化暗香流传，尽待开掘。“不知蕴藉几多香，但见包藏无限意。”

梅花自是“万花敢向雪中出，一树独先天下春”，于隆冬时节凛然开放，敢为天下先的品格，成为中华民族竭力向前的精神象征，尤为今天的时代之所需。

开掘传统文化，建构新时代的文明，“说梅”正当其时。

梅花高雅不俗，谓之“清气”，乃心性之朴素高洁，情趣之清雅；梅花坚贞不屈，谓之“骨气”，乃道德之守正不移，品性之刚直不阿；梅花先春而发，谓之“生气”，乃生命之老而弥坚，肌体之生生不息。梅花的清气、骨气、生气象征着做人的品格、气节、生机。

梅的启示何止一二。但有贤者仁人，如梅痴，如梅友，如梅子，传递梅之精神，则将“冰雪林中着此身，不同桃李混芳尘。忽然一夜清香发，散作乾坤万里春”。

后 记

庚子年春，正是梅花开时，接到好友李掖平教授之约，道是泰山出版社正策划“一花一世界”丛书的出版，邀我专写梅花。

便觉一种缘分。

我本名梅。母亲在为我取这名字时，早已是充满对梅花的喜爱。这位出生于长江三峡的女子，自小就看惯了梅花，她的性格也是不畏世俗、爱憎鲜明的。那天性中与梅花似有相通之处，她的用物常选有梅花图案者，茶具碗盏，床单衣衫，甚至一方手帕，大多如此。一枝红梅在那方洁白的手帕上，她常会将其小心地握在手中，似乎不是使用，而是多在欣赏。

我原名房广兰，出生时，父亲沿用祖籍山东东阿老家的排序，取了广兰一名，小学、初中都是用的这个女生名。在我下乡插队当知青前夕，性格刚烈的母亲由于遭受了一些不明的冤屈，一气之下将我的名字改作了叶梅。母亲姓叶，而这个梅字，显然是她满腹心思的寄托。

小时候的同学一开始都不习惯，总还叫我房广兰，我也很长时间不习惯，但渐渐融入母亲给我的意会之中。

我一直在慢慢地揣摩母亲的心思。但其实并没有完全懂。

直到写这本关于梅的书，我才有了更多的领悟。在这世界上，一个人就是一朵花，一朵花就是一世界，不可能完全都读懂，只是在不断琢磨其中的奥秘，把希望和想象留给未来。

最早，我想写一本《梅花传》。我想梅应该是通灵性的，就如王冕的《梅先生传》，梅有名有姓有字。史自炎帝，经历曲折，“梅先生，翩翩浊世之高士也。观其清标雅韵，有古君子之风焉。彼华腴绮丽乌能辱之哉！以古天下人士景爱慕仰，岂虚也耶”！后来又想，所谓“一花一世界”，不无道理，即使立传，梅这一世界也是在与大千世界的联系之中，层出迭现，宏大而又精细。

于是，我用心寻梅、探梅、问梅，在古往今来所有熏染于梅的气息中徜徉。其时，正是新冠肺炎疫情蔓延之际，城市封闭、道路中断，城与城之间、人与人之间都设有了屏障，各人都只能在家中，守一方小小的空间。但我因写这梅花，心绪却打开了，寻着梅花的幽香，一次次油然升腾，飞越燕赵，去到无数高山峡谷，冰雪严寒的丛林；又一次次穿越时空，分明嗅到春秋的酸甜、唐宋的暗香、元时的豪放、明清的冷艳，还有如今仍弥漫人间的清雅。

我深深浅浅地步入梅的世界，一步步，惊讶于梅的气息是那样强烈，从远古就分明幽幽地传递过来了，一阵强似一阵。

那么多的文豪，李白、杜甫、白居易、欧阳修、苏轼、陆游、辛弃疾、李清照……他们无一不酷爱梅花，咏诵梅花。他们的诗词照亮了一代代人的心灵，难怪中国的老百姓没有不爱梅花的。

梅花记录着一个个悠远的中国故事，她们穿越民族历史，活到了今天，还将坚韧鲜亮地活下去、传下去。读懂了梅花，也就读懂了气节，读懂了清气、骨气和生机勃勃之神气。仍道是梅花气质，高标遗韵，中国精神。

2020年7月25日初稿于北京甘石桥

2020年12月23日修改

图书在版编目（CIP）数据

一花一世界. 梅花 / 叶梅著. —济南：泰山出版社，2021. 8

ISBN 978-7-5519-0631-9

Ⅰ. ①一…　Ⅱ. ①叶…　Ⅲ. ①散文集—中国—当代　Ⅳ. ①I267

中国版本图书馆CIP数据核字（2021）第047648号

YI HUA YI SHIJIE · MEIHUA

一花一世界 · 梅花

策　　划　胡　威

主　　编　李掖平

著　　者　叶　梅

责任编辑　赵　雨

装帧设计　路渊源

出版发行　泰山出版社

社　　址　济南市泺源大街2号　邮编　250014

电　　话　综　合　部（0531）82023579　82022566

市场营销部（0531）82025510　82020455

网　　址　www.tscbs.com

电子信箱　tscbs@sohu.com

印　　刷　山东通达印刷有限公司

成品尺寸　160 mm × 240 mm　16开

印　　张　15.5

字　　数　170千字

版　　次　2021年8月第1版

印　　次　2021年8月第1次印刷

标准书号　ISBN 978-7-5519-0631-9

定　　价　46.00元